AF189642

*Mit der Kunst ist es so wie mit der Liebe;
um sie erblühen und reifen zu lassen, braucht
man Freude zum Experiment und Hingabe,
dann wird die Kunst Liebe und die Liebe Kunst.*

© 2017 Eva Wittmann
Umschlagbild: Akt Ingeborg Bernhard, 2000, wikimedia commons
Abbildung S.6: Rodin, Antiquarischer Druck / PD, Repro Wittmann
Herstellung und Verlag: BoD - Books on Demand, Norderstedt
ISBN 978-3-7460-3333-4

Eva Wittmann

Urlaub allein
Erotische Erzählungen

Auguste Rodin: Frau mit Sirene

Inhalt

1.

Etwas war anders

Etwas war anders. Ich bemerkte es, als ich in den Spiegel sah. Ich sah irgendwie anders aus.

Entspannter, klarer, - schöner.

So als sei eine Last von mir genommen, von der ich noch nicht sagen konnte, was es war.

Noch etwas war anders. Seit ein paar Tagen fiel es mir auf, um genau zu sein, seit dem Silvesterfest.

Die Einladung hatte in mir Unbehagen ausgelöst. Trotzdem hatte ich angenommen. Hinter der kleinen Bar war ich Theo beim Cocktailmixen zur Hand gegangen und genauso froh wie er, eine Festung zu haben.

"Schau dir Lisa an. Aus ihr spricht der pure Neid. Und Peter spielt den Apostel, weil du ihn nicht ranlässt."

"Vielleicht habe ich mir das Landleben ausgesucht, um endlich Doppelmoral in ihrer Reinform kennenzulernen. - Sag ehrlich, bin ich der Typ heimliche Geliebte?"

Theo hatte gelacht.

"Nein, eigentlich nicht. Aber verrate endlich: Wer ist es?"

Trotz der Vertraulichkeit, die sich in den lockeren Ton schlich, spürte Theo, dass ich auch ihn nicht weiter vorließ und setzte schnell begleitet von einem seiner zu hohen Lacher hinzu:

"Jedenfalls hast du endlich Leben in den Laden gebracht."

Nach dem zweiten Glas Sekt gewann seine Seite der Betrachtung an Reiz. Mit dem Film, der vor meinen Augen ablief, passierten die letzten Jahre Revue. Von wenigen Ausnahmen abgesehen, verband mich mit jedem der Anwesenden eine Geschichte. Quer, verdreht, irgendwie schräge. . . Im Geiste spielte ich die verschiedenen Varianten des 'Was wäre wenn" noch einmal durch und kam wieder zu dem Schluss: Hätte ich nur eines der Angebote angenommen, es wäre nur halb so aufregend gewesen. Und da hatte es angefangen, wie eine leise Stimme, die sich durch ihre Ausdauer langsam Gehör verschafft.

Hatte ich deshalb meine innere Abwehr ignoriert und die Einladung angenommen? Zum ersten Mal fing es an mir zu gefallen die Außenseiterin zu sein. Das erlöste Aufatmen zwischen meinen Schenkeln war der Zuspruch die Rolle anzunehmen, auszu-füllen und zu genießen.

Evas Schlange erwachte, richtete sich auf. Vor mir

wandelten sich die Personen in ihre eigenen Karikaturen. Ich spürte den züngelnden Kopf, spürte es wachsen, spürte, wie es mein Rückgrat stärkte, wie sich "Solls" und "Müsste" auflösten.

Ich suchte nicht einmal eine Entschuldigung, als ich mich noch vor dem Neuen Jahr verabschiedete. Evas Schlange war wach, begleitete mich durch die klare Winternacht.

Ich stieg aus den hohen Schuhen, zog das Kleid aus, streifte vorsichtig die Strümpfe ab und bedauerte, dass er mir nicht zusehen konnte. Es hätte ihm gefallen, genauso wie mich liegen zu sehen. Nackt mit geöffneten Beinen in diesem Zimmer, das nicht nur der Kachelofen wärmte. Ich schloss die Augen und fragte mich, warum ich die Hindernisse gewählt hatte. Die Antwort kam schneller als ich erwartet hatte. Sie war einfach. Fast zu einfach. Ich legte meine Hand an die erblühte Stelle und folgte meiner Fantasie wie einer kundigen Führerin. Annehmen, ausfüllen und vor allem genießen. . .

Mein Körper machte von selbst. Ich überließ mich. Zum ersten Mal überließ ich mich. - Lag gerade im Unerfüllten die Fülle, im Schweren die Leichtigkeit, gab der beschränkte Raum Platz zur Entfaltung?

Nicht, dass in jener Nacht etwas Spektakuläres passiert wäre. Ich hatte mich wohlgefühlt. Sehr wohl. Wohlgefühlt, weil ich es so deutlich spürte.

Dass ich dermaßen darauf reagierte. So auf diese einfache Vorstellung reagierte. Und ich hatte genossen. Außer dem Schwanz und meiner Erregung auch die Ahnung, ja die stille Vorfreude, dass damit mehr verbunden sein musste. Aber was?

Ich suchte es in meinem Spiegelbild, in den Blicken der anderen. Ich fühlte mich wohl. Dass es auf die Außenwelt reflektiert, war mir nicht neu. Trotzdem musste da noch etwas sein. Etwas ging im Verborgenen vor, das ich nicht fassen konnte. Seit dem Abend war ich in ständiger Begleitung. In Begleitung meiner Fantasie, in Begleitung ständigen Angeregtseins. Es war unglaublich. Seitdem war es da. Ausdauernd. Wach. Stellvertretend. Es war ein Zustand, der erst gar nicht erlöst werden wollte und weckte einen Kreislauf der Lebendigkeit. Mein Gott, wie lange hatte ich mich nicht so gefühlt.

Er war auch da.- Ich forschte in einem Labyrinth, sah in den verschlungen Gängen den Ausweg zwar nicht klar, aber ich spürte ihn. Ich fühlte mich wohl, fühlte mich ausgefüllt und der anhaltende Puls zwischen meinen Beinen forderte mich auf weiterzugehen.

Ich rief ihn an.

Sein tiefes Lachen auf meinen forschen Vorstoß weckte einen Schwarm kitzelnder Schmetterlinge.

"Endlich sagst du es."

"Ja, weils jetzt stimmt."

Es kam ein bisschen schnippisch und hätte das, was er dann sagte nicht so ehrlich geklungen, mich hätte wieder der Mut verlassen.

- "Ja, sogar so geil, dass es fast nicht mehr zum Aushalten ist. "

"Es ist wirklich schön, es von dir zu hören."

Ich wollte wissen, wohin es führte, streckte mich aus und wusste, es würde ihm gefallen: Mich liegen zu sehen, meine Hand an der fiebernde Stelle, das Öffnen, das Flehen.

"Ich weiß, du hörst es gerne."

Die Überwindung ließ mich für einen Moment in mir selbst verschwinden. Dort wo die Schlange nistet. Wo Eva den Mond umarmt. Wo das Unerfüllte sich nach Entfaltung sehnt.

"Bist du noch da?"

"Doch. Nur - es ist so ungewohnt."

Ich wagte mich vor. Erst weil ich wusste, dass es ihm Freude macht. Dann, weil ich es stärker spürte.

"Es fühlt sich so echt an."

"Was fühlt sich echt an?"

Wieder das Lachen, die liebevolle Provokation mit meinen Vorbehalten zu brechen.

Es kam mir vor wie eine fremde Stimme, als ich anfing zu sprechen:

"Dein Schwanz, dass er in mir steckt und dass er wächst. . . - Er wird tatsächlich größer . . ."

Es klang holprig, trotzdem sagte ich es. Ich sagte

ihm, was mir gefallen würde. - Wie es mir gefallen würde. Der Puls wartete aufgeregt auf die Antwort.

"Wenn du es sagst, macht ihn das unwahrscheinlich an."

Ich sank tiefer und wusste nicht, ob ich es wegen der Worte oder seiner Stimme spürte, oder einfach nur, weil es stimmte. Es stimmte. Mit ihm stimmte es. Auch das.

Mit kraftvoller Ruhe drang er ein.

Annehmen, ausfüllen und genießen.

Ihn.

Die Nähe.

Seine Selbstverständlichkeit.

"Soooo. . . Ja? - Gefällt es dir?"

"Ja, so. . . Genauso. . . Mann, das ist geil! Mach weiter!"

Ruhig und selbstverständlich suchte er im Dunkel, fand das Verlies. . . Ruhig und selbstverständlich löste er Fesseln, salbte er Wunden. Und ich wurde Fließen. Endlich wurde die Stimme Ich. Deshalb. Genau deshalb.

Der treibende Puls antwortete seinem Atem.

"Weiter. . . weiter. . . Es ist so echt. Echter, ehrlicher, dichter -"

Ich klemmte den Hörer fester ins Kissen und folgte den gleichmäßigen Stößen. Folgte ihnen dorthin, wo die Zeit sich im Unendlichen auflöst.

"Mach weiter. Weiter, weiter. . .weiter!!! -- und sag

was!"

Ich fühlte mich wohl, weil die Enge ausgefüllt und ich getragen wurde. . . Getragen von seinem Atem, seiner Stimme. Ruhig und selbstverständlich führte sie mich. Ich wurde leicht.

Deshalb. Genau deshalb. - Weil eigentlich gar nichts geschehen musste. Weil ich nichts tun musste. Nichts, außer genießen. . . Und weil ich mich wohl-fühlte. . . Weil ich spürte. Mich. Mein Ich. Weil ich sein konnte, die ich sein wollte. . . Geil sein konnte. Herrlich geil. Geil Geil Geil.---- Deshalb. . .

Als er sagte, "ich komme!" kam es mir mit. Es war echt. So echt. Er erlöste die Schlange.

Der Mond warf sein Licht sanft auf Evas wahres Gesicht.

Annehmen. Ausfüllen. Entfalten. . .

Seufzen aus offenen Schenkeln . . .

- *und vor allem genießen!*

In diesem Jahr wurde noch vieles anders.

2.

Eleonore

Eleonore war eine schöne Frau. Noch immer.

Einem klinischen Tode trotzend hatte sie vor kurzem ihr Einundneunzigstes vollendet. Das frischfrisierte Haar hob sich silbern von der karamellfarbenen Haut ab. Die gepflegten Hände ruhten auf dem Schoß. In ihre gehäkelte Mohairdecke gepackt, saß sie Maren im Sessel gegenüber.

"Erzähl mir von deiner Filmschule. Das Stipendium hast du bekommen?"

Ihre Augen leuchteten. Erfolge sog Eleonore wie Nektar ein. Bald zeigte sie, wie zu erwarten war, zum Schrank.

"Und jetzt musst du lesen, ich habe weitergeschrieben."

"Was meinst du", fragte Maren vorsichtig, als sie die Schranktür öffnete, "du gibst mir das Heft mit und ich kann es heute Abend gemütlich im Bett lesen?"

"Gut. Bring mir die Briefe auch mit."

Als Maren ihre Großtante fragend anschaute, deutete die stoisch auf das Fach.

"Dahinter!"

Unter Leinentüchern, die nach Kölnisch Wasser und Mottenpulver rochen, fand Maren das geschnürte Päckchen.

Ungeduldig winkte Eleonore sie ran.

"Aber das musst du jetzt lesen!"

Ihre Augen hatten mit einem Mal etwas von einem Kobold.

"Anna hat sie geschrieben." Sie kicherte. "Damals, weißt du -"

Maren kniete vor ihr und half das Bändchen zu lösen.

"Wo hast du sie her?" fragte sie.

"Die beiden hatten einen Platz."

"Und du wusstest es?"

"Natürlich."

Feierlich entfaltete Eleonore den Bogen.

"Das muss man ihr lassen. Schreiben konnte sie. Hör dir das an -"

Gerne hätte Maren den Brief im Zusammenhang gehört, doch Eleonore pickte sich heraus, was ihr besonders gut gefiel. Es war ihr ein offensichtlicher Genuss und sah aus, als ließe sie ein Stückchen ihrer Zartbitterschokolade auf der Zunge zergehen.

"Geliebter, warum hat uns das Schicksal so bestraft?"

Sie wiederholte den Satz ein ums andere Mal, und

Maren wunderte sich, wieso er solche Anerkennung fand.

Als Frida von der Altenhilfe hereinkam, ließ Eleonore den Brief unter ihrer Decke verschwinden. Sie unterhielten sich noch ein bisschen zu dritt, dann verabschiedete sich Maren und versprach, bald wiederzukommen.

Später blätterte Maren in den Seiten, wo es um Anna ging. Eleonore hatte ihre eigene Rolle eindrucksvoll dramatisiert und es war schwer, es mit dem vom Nachmittag zusammenzubringen. Es war offensichtlich, dass Eleonore hier und da geschichtliche Schönheitschirurgie zu ihren Gunsten betrieb. Was allerdings ihre Kusine Anna und deren jahrelanges Verhältnis zu ihrem Mann betraf, daraus wurde Maren nicht schlau. Anna, die etwa zwei, drei Jahre jünger gewesen sein mochte, hatte mit Eleonore nur den dunklen Teint gemeinsam. Neben der größeren Kusine hatte Eleonore zierlich und zerbrechlich gewirkt. Es war die Seite, die sie in ihren Aufzeichnungen kokett betonte. Wollte sie auf eine falsche Fährte führen oder gefiel sie sich wirklich in der Rolle der Betrogenen? Bei Maren jedenfalls hatten die beiden Damen den Eindruck verschwörerischer Eintracht hinterlassen. Während Maren überlegte, was an der ganzen Geschichte nicht stimmte, stellte sie sich die drei damals vor: Eleonore elegant und charmant. Onkel Ernst gutaussehend und drahtig. Und Anna? Dass sie leidenschaftlich gewesen sein musste, hatte sie sich schon immer gedacht.

Neugierig besuchte Maren Eleonore ein paar Tage später wieder. Sie wirkte kleiner in ihrem Sessel. Fahrig kramte sie in alten Geschichten.

"Wolltest du mir nicht noch die anderen Briefe zeigen?" versuchte Maren anzuknüpfen.

Eleonore lächelte abwesend.

" - Mutter hatte die Hemdchen genäht. Mit Hohlsaum. Für die Aussteuer."

Sie kicherte wieder.

"Und in der Kammer roch es nach Äpfeln. Frisch geernteten Boskop."

Maren verstand den Zusammenhang nicht und streichelte ihr über die Hand. Eleonore schaute auf.

"Schreiben konnte sie. . . doch, doch, das ja. Wir sind mal mit dem Motorrad in die Stadt gefahren. An ihr vorbeigefahren sind wir. Und denk nicht, dass ich es nicht gesehen habe. Sie hat versucht, sich zu verstecken. Aber ich habe ihr gewinkt und mich dabei ganz dicht an ihn geschmiegt. Hinterher hat sie gesagt, ich sei verrückt. - Verrückt, weil ich so verliebt sei."

Eleonore schaute Maren fragend an.

"Er war doch mein Mann?- - - Die Briefe -"

Sie versuchte aus dem Sessel hochzukommen,

sank wieder zurück.

"Unter der Fernsehzeitung. Lies du mir vor."

Erwartungsvoll schaute sie die junge Frau an.

Maren stutzte.

Die Schrift auf dem oberen Blatt war groß und geschwungen. Der Text schamlos direkt.

Eleonores Blick hatte jetzt etwas Triumphierendes.

"Das ist Anna. Hättest du nicht gedacht. Doch, doch, ein Weibsstück war sie. Und was für eins."

Sie zog Maren näher ran und flüsterte hinter vorgehaltener Hand:

"Ich habe es gesehen. Deshalb weiß ich es."

"Was hast du gesehen?" fragte Maren unschuldig.

"Wie sie es mit ihm getrieben hat. Immer wenn er so anders war, dann ging er hin. Er musste ja."

Eleonore hielt Maren immer noch fest.

"Wen die einmal hatte, der kam nicht weg. Sie trafen sich hinter dem Pfarrhaus. An den Heckenrosen vorbei und dann durch die Büsche. Im kleinen Wäldchen stand sie schon immer. In dem Kleid an den Baum gelehnt, als machte sie das Trottoir. -"

"Machte was?"

"Na, so wie eine Bordsteinschwalbe."

Eleonore wurde munter, wollte, dass Maren ihr aus dem Sessel half.

"Schau, so hat sie gemacht."

Sie wedelte mit ihrer Mohairdecke.

"Breitbeinig stand sie da und hat das Kleid jedes

Mal ein Stückchen höher gezogen. So weit bis er *sie* sah."

Eleonore gab ein empörtes "Pfui" von sich.

"Sie blieb so stehen, hat ihn angeschaut. Wie an der Leine hatte sie ihn. Hat ihm ihre Muschi gezeigt, die ferkeligen Sachen gesagt und er ist langsam zu ihr hingegangen."

Eleonores Offenheit war erfrischend und ihrer Darstellung zu entnehmen, dass es ein für sie anregendes Bild gewesen sein musste.

Bisher hatte Maren nicht daran gedacht, doch Eleonore hatte sie auf eine Idee gebracht. - Die Idee! Ihr fiel Lucia, die Italienerin ein. Ihr Mund konnte mit dem von Penelope Cruz konkurrieren und was sie während einer Dessous-Präsentation gezeigt hatte, hätte selbst einem Almodovar gefallen. Sie waren nur flüchtig bekannt und Maren hoffte, sie würde mitmachen. Sie rief Lucia kurz darauf an. Doch das Angebot in einem erotischen Film mitzuwirken, schien Lucia nicht gerade zu begeistern.

"Sags gleich. Ich bin schon mal reingefallen. Hinterher wollten sie doch Pornos drehen."

"Unsinn, ich bin an der Filmakademie. An Saras Fete haben wir uns unterhalten. Erinnerst du dich?"

"Ach ja, - Maren. Klar. Entschuldige. . . "

Lucia taute auf und sie verabredeten sich bei Maren zu Hause.

Marens Bilder waren noch vage. Sie zielte auf subtile Wirkung. Erotische Sinnlichkeit sollte eher durch Andeutungen entstehen. Die Perspektive wäre die der Voyeurin. Gedanken und Gefühle einzeln in die Szenen gestreute Sätze. Sie würde Original-auszüge der Briefe nehmen. Im Gespräch umriss sie grob ihre Vorstellungen.

"Eleonore zeichne ich noch angepasster. Der Kontrast zu der Seite, die sie selber nicht wahrnimmt, soll deutlich werden. Anna aktiv. Eleonore passiv. Anna ist sich ihren Wünschen, ihrer Lust bewusst. Eleonore entdeckt sie erst in der Rolle der Beobachterin. Der Spannungsfaden wird sich zwischen den beiden Frauen ziehen. Ernst bleibt Katalysator."

Lucia hörte interessiert zu. Die knappen, präzisen Fragen verblüfften Maren und es war deutlich, dass Lucia in diesem Genre heimischer war als sie. Sicher wollte sie ihre Unsicherheit nicht ausnutzen, trotzdem geriet Maren auf Glatteis. Es kam so überraschend. Unerwartet stand Lucia auf und es war, als zeigte Maren wortlos ihr Einverständnis, sich auf etwas einzulassen, dessen Verlauf sich sowieso nicht bestimmen ließ.

Die Abendsonne fiel durch die Balkontür. Lucia stand ihr gegenüber und Maren war froh, dass sie sie nicht anschaute. Ihr Blick schien sich irgendwo in den Wolken zu fangen. Langsam knöpfte sie das Top auf. Langsam streifte sie es ab. Langsam glitt es zu

Boden. Den enganliegenden Rock schob sie über die Hüften, ließ ihn fallen, stieg gleichzeitig aus den flachen Schuhen. Das lange Haar floss schwer über ihren Rücken und hatte in diesem Licht einen rötlichen Schimmer. So blieb sie stehen. Blieb einfach nur stehen. Maren war die Stille unangenehm, doch Lucia schien es nicht weiter zu stören und was Maren hätte sagen können, hätte sowieso nicht gepasst.

Die Brüste hatten große dunkle Höfe. Sie wirkten wie schwere Früchte und reckten sich doch nach oben. Nach einer Weile drehte Lucia sich langsam zu Maren um, trat dabei aus der Sonne und fing an ihre Brüste zu streicheln. Maren war dankbar, dass sie das einfallende Licht ein bisschen tarnte, als Lucia sie so direkt anschaute und behauptete:

"Sie gefallen dir."

"Ja. Sie sind schön."

Lucia warf den Kopf zurück und lachte.

"Mir gefallen sie auch!"

Maren saß auf dem Fußboden, beobachtete wie die Realität gerade ihre Fantasie überholte, beobachtete Lucia. . . Erst liebkoste sie sanft, dann ging sie in leichtes Reiben über und schaute zu, wie sich der eine, dann der andere Hof zusammenzog. Darauf befeuchtete sie die Finger mit Speichel und netzte lachend die sich spitzenden Warzen. Was Maren faszinierte, war diese Selbstverständlichkeit, ihre Echtheit, die Freude. Die echte Freude an sich selbst. Die Freude daran, sich selbst zu verwöhnen. Sie schaute sich genau zu, schaute auf ihre Hände. Wie in Schalen hielt sie ihre Brüste, wobei sie gleichzeitig massierte. Die Daumen umkreisten dabei sanft den harten dunklen Nippel. Maren irritierten die Hände, ihr eigenes Empfinden, - ja, wie sie es nachempfand. . . Schwere Brüste wie reife Früchte. Begehrenswerte Früchte. Reife italienische Früchte.

Gerne hätte Maren die verrückte Situation eingeordnet. Es gelang ihr nicht. Genauso wenig, wie irgendetwas an Lucia klar zu greifen war. Sie war und blieb ihr ein Rätsel und das machte die Arbeit nur gut.

Für die männliche Rolle konnte sie Till, einen sympathischen jungen Schauspielschüler gewinnen. Sie arbeiteten konzentriert. Private Gespräche gab es kaum. Das verlassene Fabrikgelände mit seinen von der Zeit vergessenen Nischen und die leeren Hallen waren ideal für ihre Bilder. Sie ergaben sich von selbst, ergaben sich weil Lucia mit dieser spinnwebenverhangenen Umgebung verschmolz. Lucia passte, gehörte hierher.

Hinter der Kamera, versuchte Maren ihr Wesen zu ergründen. Der Reiz war dabei die Perspektive, ihr Erleben, wie Realität und Fiktion sich mehr und mehr verwoben. Ab und zu wanderte sie in Gedanken zurück, sah Lucia vor sich. Sah wie sie sich wortlos anzog. Wie sie sich in der Tür noch einmal umdrehte, lächelte und sagte: "Es wird ein guter Film, bestimmt!"

An dem Morgen drehten sie am alten Wasserwerk, einem zugewachsenen Backsteinrelikt. Von Anfang an lag es in der Luft. Von Anfang an machte es Maren nervös. Lucia machte sie nervös.

"Ja, stell dich noch mal so hin. Ja, wie eben. Das war gut. Und dreh den Kopf. Etwas nur, damit Licht ins Haar fällt. Die Beine etwas weiter auseinander... Mit dem Kleid das war gut."

Es hätte Zufall sein können. Der leichte Stoff rutschte über die Schultern, sie warf den Kopf zurück. - Mein Gott, wie schön sie war, wenn sie so lachte. Das wars. Genau das. Dieser selbstvergessene Exhibitionismus. Damit hatte auch Anna Ernst verrückt gemacht. So zeigte sie, er würde sie nie besitzen. Er nicht. Niemand. Lucias Hand fuhr zwischen die Beine, um dann plötzlich ihre Brüste zu fassen. Seitlich fasste sie dran, drückte zusammen und Maren glaubte zu wissen, wem das Spiel galt.

Da war nichts Gestelltes, nur Lust und wachsende Erregung. Lucias. Marens. - Seine auch. Es gab ihr einen Stich, als sie auf Till schwenkte. Es war mehr als deutlich, wie es ihn anmachte. Sie suchte wieder

25

Lucia, begleitete jede Bewegung, folgte ihren Händen. Hände die sich rhythmisch bewegten, lustvoll massierten. Händen, die langsam entblößten. Für sie war es, für sie waren diese herrlichen Brüste, für sie umkreiste sie die sich härtenden Warzen, für sie ließ sie sich Zeit. . . Sie ließ sich Zeit, weil sie es ahnte. Maren riss sich zusammen. Schließlich war es die Chance Bilder einzufangen, die sich vielleicht kein zweites Mal boten.

"Till, geh jetzt auf sie zu. . . Weiter. . . Langsam. . . Hervorragend. Stell dich hinter sie und fass ihre Hände. . ."

Maren war klar, dass sie dabei war, eine Grenze zu überschreiten. Sie reduzierte vor ihrer Linse: Zwei Körper. Körper in wachsender Erregung. Lucias nach hinten gebogener Hals, das über seine Schulter fließende Haar. Bald war nicht mehr klar, wer eigentlich wessen Hände führte, wer forcierte, wer mehr wollte... Maren tauchte in Eleonores Geschichte, genoss den Anblick, genoss wie sich Tills Schoß an Lucia drängte und verstand: Was sie so anziehend macht, ist ihre Freigiebigkeit.

"Weiter! Prima. Bleibt drin in dem Gefühl. Das ist es. Genau."

Maren war gespannt, wie weit sie es trieben. Lucia ging weit. So weit bis sie vor ihm kniete. Wie eine schmeichelnde Katze rieb sie sich an seinem Schoß. Erst nur den Kopf. Till sah man die Gratwanderung an, wie er innerlich mit sich rang. Immer deutlicher zeichnete es sich ab und je heftiger Lucia sich an der wachsenden Stelle rieb, desto weniger schien sie ihre Umgebung wahrzunehmen. Schließlich nahm sie auch noch die Hände dazu. In wilder Selbstvergessenheit widmete sie sich der Wölbung. Als sie sich an den Knöpfen der Jeans zu schaffen machte, fuhr er auf.

"Aufhören! Hör auf. Es reicht."

Lucia stand auf, schüttelte ihr Haar und lachte laut los. Es hatte für alle etwas Erlösendes.

Hätte Maren sich auch gerne noch eine solche Gelegenheit gewünscht, war sie doch mit dem Ergebnis zufrieden. Der Tag an dem Lucia sie bat, die Rohfassung zu sehen, war der Fortlauf, der logische Ausklang, wo die Fiktion ihres Films wieder ins Reale überging. . . So hoffte sie jedenfalls. Bis Lucia vor ihr stand. Auch das gehörte zum Fortlauf, zum logischen Ausklang. Wieder der Raum. Wieder fiel Abendlicht ein. Doch beim Entkleiden sah Lucia sie dieses Mal an.

"Komm!"

Maren erschrak. Lucia streckte die Hand aus.

"Komm!" wiederholte Lucia leise.

Maren fasste zaghaft die Hand und schloss die Augen. - Der Duft, ihr Haar, der überflutete Rücken. . . Als Maren ihre Hände sanft auflegte, rutschte sie aus der Wirklichkeit. Es war aufregend, das leichte Beben zu spüren, wie im Traum Wünschen zu folgen, die sie vor kurzem nicht einmal ahnte. Wünsche, die sie überraschten, sie verwirrten. . . Es geschah viel zu plötzlich. Sie wurde überfallen. Von sich selber. Von ihren Impulsen. Ihr Kopf schaltete sich aus und ihre Hände gruben sich ein. Sie war geil, einfach nur geil. Die Nippel hatten sie um den Verstand gebracht, diese herrlichen Nippel. Wie eine Verrückte benahm sie sich. Besessen von Lucia, ihrem Duft, diesen Nippeln. Maren geriet in einen Rausch. Knetete, rieb, wühlte, saugte und biss. Alles geriet außer Kontrolle. Sie. Und mit ihr Lucia.

Hinterher konnte sie sich erinnern, dass sie auf dem Fußboden lagen. Ihr Gesicht in Lucias Brüsten vergraben, in ihrem Haar ertrinkend. Wie eine Verrückte saugte sie erst an der einen Brust, während sie die andere knetete und mehr wollte. Alles wollte. Eine Frau. Diese Frau. Spüren, wie sich eine Frau anfühlt. Es war das Neue, dieses erregende Gefühl über Grenzen zu gehen und mit eigenen Tabus zu brechen, versessen auf diese Frau, die sie mit Küssen bedeckte, sich unter ihrem Haar vergrub und auf Italienisch Dinge sagte, die sie zwar nicht verstand, aber die sie fast wahnsinnig machten. Lucia befreite sich von dem winzigen Dreieck und spreizte die Beine. Dieses Mal brauchte sie ihre Hand nicht zu führen. Als Maren ihren langen, heißen Kitzler entdeckte, um danach in ihre nasse, fiebernde Grotte zu tauchen, war es als erforschte sie ihr eigenes Geheimnis.

Es ging schnell. Sie kamen beide zusammen.

Dann beugte Lucia sich über sie, ergoss über ihr das schwere Haar und weil sie Maren so direkt anschaute, traute sie sich nicht, Lucia noch einmal zu berühren.

Es war der Fortlauf, die logische Fortsetzung, der Ausklang ihres Films. Hinterher erschien ihr alles so unwirklich. Lucia war weg, ein Wolkenwesen in Blau aufgelöst. Selbst die Erinnerung an das Erlebnis war wie hinter einem Schleier verschwunden. Eleonore strich ihn noch einmal beiseite. Nach dem Schlaganfall lag sie winzig und beinahe durchsichtig in dem alten Bett.

Maren zog sich einen Stuhl ran und war sich erst nicht sicher, ob Eleonore sie überhaupt wahrnahm.

"Erzähl mir von deiner Filmschule. . . "

Es kam von weit weg.

„Anna, - im Film ist sie sehr schön. Vor allem hat sie schöne Brüste. Wie süße Früchte.“

Ein Lächeln huschte über Eleonores Gesicht.

"Die Hemdchen hatte Mutter genäht. Mit Hohlsaum. Für die Aussteuer."

Es war wie ein Puzzlespiel. Bruchstücke, scheinbar

unzusammenhängend, fügten sich allmählich zusammen. Maren glaubte dem wirren Zeug etwas zu entnehmen: Etwas, das zu der anderen Eleonore gehörte. - Etwas, das irgendwie ihnen beiden gehörte. Sie suchte die Parallele, den logischen Fortgang, den Ausklang, - einen stimmigen Schluss.

Vielleicht lag es an der Atmosphäre, der Ruhe im Zimmer. Maren schloss die Augen und überließ sich ihren inneren Bildern.

Bildern von Frauen. - Von Brüsten.

Himmlischen Brüsten.

Die der einen waren kleiner. Kleiner, runder und fester. Sie passten genau in die Hände der anderen. Händen, denen Maren folgte. . . Hände die rhythmisch massierten, sich eingruben, um gleich darauf die kleinen geilen Brüste wie in Schalen anzuheben. Sie drückten zu. Feste drückten sie zu und Maren wusste nicht, was sie mehr erregte, sich das Gefühl der Brüste, oder das der Hände vorzustellen. Beides war schön. Beides war geil. Die Frauen auch. Geil und offen. Körper, ineinander verschlungen, sich liebkosend, vom Rätsel ums eigene Geheimnis besessen.

Maren räumte sich die Freiheit der Perspektive ein, wechselte von der Beobachterin zur Akteurin und tauschte die Darstellerinnen aus. Mal versank sie im Süden, mal kostete sie Äpfel. Süße Äpfel. Verbotene Äpfel. Sie drückte zu. Und dann war es wieder

30

soweit. Sie war soweit, wollte es wissen. . . - Der Kitzler. Lang war er. Länger und größer als ihr eigener. . . Noch einmal. Noch mal in die nasse, glühende Grotte tauchen. Sie riechen. . . in ihrem Haar ertrinken. . . eintauchen. . . versinken. . . zwischen die Schenkel. . . Zwischen die Schenkel, in die Tiefe des Tempels. . .

Eintauchen. . . *V E R S I N K E N* . . . . - - - - - - -

Diesmal dauerte es lang. Ihr war als schaute Lucia sie dabei an.

Vielleicht bildete sie es sich ein. Das mit der Bestätigung, der Offenbarung an die Nachwelt, dass es doch keinen Zufall gab, dass der Kreis sich hier schloss. Vielleicht bildete sie es sich wirklich nur ein, weil sie es heraushören wollte. Was sie sich mit Sicherheit nicht einbildete, war der Duft. Es roch plötzlich so gut. Nach Äpfeln roch es. Nach frisch geernteten Äpfeln.

"Ein Weibsstück, siehst du - und was für eins."

Es kam von weit weg.

Dann rutschte Eleonore zurück. Leise verschwand sie in ihrer eigenen Welt.

3.

Es waren die Augen

"Du musst verrückt sein," war Ellis Kommentar gewesen, und ich konnte es ihr nicht verübeln. Wer tritt schon solch eine Reise nur wegen ein paar blauer Augen an. Aber ihre Spitzen ließ ich nicht auf ihm sitzen. Er entsprach zwar keinem gängigen Ideal, aber er sah gut aus. Für mich sah er gut aus. - Außerdem findet Erotik im Kopf statt.

Als er die Restauranttür öffnete, war soviel in meinem Kopf los, dass dafür gar kein Platz war. Die Ruhe, - wie er die Zigarettenschachtel öffnete, das Papier langsam zerknüllte. Damals machte sie mich noch nervös. Als er mir eine Zigarette anbot, tauchte ich vorsichtig in den tiefblauen Ozean. Bei dieser ersten Begegnung fühlte ich mich wie eine Schatz-sucherin, die die Kombination für das Schloss sucht, noch bevor sie wusste, wo die Truhe lag.

Was sollte ich erwarten? Ich kam hier angeschneit mit einem Minimum an Information, aus dem meine Fantasie gesponnen war. Wäre da nicht dieser Blick gewesen. - Ja, die Augen. Es waren die Augen. Von

Anfang an waren es die Augen gewesen. Ich konnte es mir nicht erklären. Sie waren unglaublich vertraut. An unser Gespräch kann ich mich nicht mehr erinnern, aber an die Pausen. Ich fürchtete, er könnte mein Herz klopfen hören.

Wir trafen uns häufig. Meistens kurz. Lange genug, um meiner Fantasie neue Nahrung zu geben.

Bei ihm dachte ich oft ans Wasser. Mir war, als wandelte ich mich durch ihn zum Meereswesen. Er machte mich zur Undine, lehrte mich, Widerständen mit Eleganz zu begegnen. Es geschah ohne Eile. Ich mochte die Ruhe. Ich mochte sein Lachen. Die Augen liebte ich von Mal zu Mal mehr. Und eigentlich war es aufregend, sein Geheimnis am Grund nur durchschimmern zu sehen.

An einem Morgen holte er mich ab.

"Nun, wohin entführst du mich?"

"Lass dich überraschen. . . "

Während der Fahrt sprachen wir kaum und ich genoss es, dass Schweigen so angenehm sein konnte. Oben auf dem flimmernden Lavaplateau hielt er so, dass wir auf Meer und Berge blickten.

"Schau, drüben liegt Südamerika. Es war früher der Weg in die neue Welt. Und was dort rausschaut, ist die Deseada."

"Deseada?- "

"Ja. Die Erwünschte. Sieh sie dir genau an."

Seine Hände zeichneten die Form nach.

Dann fragte er:

„- Befriedigst du dich eigentlich gerne selbst?"

Meine Antwort war "Ja", und ich wunderte mich wie klar und direkt es kam. Der kurze Moment, den er mich danach anschaute, erinnerte mich wieder an das Foto. Elli hatte es vor Monaten aufgenommen, ohne auch nur zu ahnen, damit den ersten Strang geknüpft zu haben. Im Moment befand ich mich in Schwindel erregender Höhe, spürte das wankende Hängegeflecht unter den Füßen und war froh, nicht zu wissen, wo es hinführte.

Es war verrückt. Alles verrückte, rückte von dem ab, was ich bis dahin für meine Persönlichkeit gehalten hatte. Es geschah in dem Moment, als ich meine nackten Füße ans Armaturenbrett legte.

Ich beobachtete mich dabei, beobachtete, wie diese Frau, die ich selbst war, ihr Kleid nach oben schob. Ich beobachtete die schlanken Hände, wie sie entschlossen den rasierten Hügel freilegten. Von der sonnengebräunten Haut hob sich das bloße Dreieck geradezu leuchtend ab. So strahlend, so hell, so ästhetisch, dass man es schön finden musste. Meine Hände streichelten die Innenseiten der Schenkel und ich dachte dabei an den Weg in die neue Welt. Was ich hier tat, war vielleicht nicht normal, - aber. . . Vielleicht war ich deshalb gekommen?. . . Über die weiße Düne zum Meer. Und irgendwann würde ich eintauchen.

Ohne aufzuhören schaute ich zu ihm hin.

Er lächelte und nickte wieder. Dann sagte er leise: "Es ist schön. Ich mag es."

Ich rutschte tiefer.

Den Kopf angelehnt schloss ich die Augen und wusste, er schaute mir zu. Er schaute genau hin, wie meine Hand sich tiefer bewegte. Ich tat etwas, an das ich im Traum nicht gedacht hätte, nur weil er da war. Er war da und begleitete mich auf dem Weg zu verborgenen Schätzen. Meine Finger fanden die Perle, umrundeten sie sanft. Er würde nichts tun, würde mir weiter zusehen und warten. Wenn *geschehen lassen* auf jemanden passte, dann auf ihn.

Er wartete. Vielleicht erwartete er doch etwas? Vielleicht erwartete er. . . Sollte oder wollte ich?

Seine Hand legte sich warm auf meinen Schenkel. Ruhig und warm vertrieb sie den Dämon. Irgendwo aus dem Meer hörte ich ein Flüstern und atmete durch. Doch, es sollte sein, musste sogar so sein. Deshalb war ich gekommen. Als sich seine Hand behutsam löste, hielt ich sie fest.

"Bleib da!"

Meine rechte Hand bewegte sich weiter und während sie spielte wurde ich leicht. Es puckerte. Ich legte die Hand auf die Muschel und lauschte. Das aufgeregte Puckern beruhigte sich, wurde zu

festerem, stetigem Pochen. Es pochte und pochte. . .
Der Puls zwischen den Schenkeln pochte mir bis in
den Kopf. Es hatte mit nichts zu tun, was ich kannte,
war eher innere als äußere Erregung. Es war schön.

Ich ließ meine Hand liegen, ließ mich treiben,
lauschte dem Meer und drückte seine Hand. Leise
begann er zu sprechen. Ob zu mir oder ihr? Sie
verstand. Durstig sog sie die Worte ein.

Er bewunderte sie, gab ihr schöne Namen. Sie
genoss. Jedes mal wenn er sagte, wie schön sie sei,
seufzte sie auf. Sie genoss und war glücklich. Dabei
öffnete sie sachte ihre feuchten Lippen, forderte:
Weiter, noch mehr.

Die Verständigung zwischen ihm und ihr entzog
sich meiner Kontrolle. Und ich ließ sie machen. Ein-
zige körperliche Verbindung waren unsere Hände.
Die eigentliche Berührung fand woanders statt. Ich
lauschte dem Puls, seinen Worten. Er lauschte ihr.
Ihm gefiel das Spiel mit den Worten. Ihm gefiel,
dass es ihr gefiel. Er wagte sich vor. So weit, dass
sie vor Schreck zusammenzuckte. Ich wusste nicht,
was ich denken sollte. Doch unter meiner Hand
spürte ich das Jagen. Der Puls überschlug sich beinahe. Er trieb an, suchte ein Ziel. In meinem Kopf
hämmerte es und ich tat nichts. Nichts als lauschen -
dem Puls und den Worten. Das Foto hatte es mir
versprochen. Es hatte mir schon damals davon
erzählt. Seine Hand hielt ich fest. Als er sich über

mich beugte, öffnete ich die Augen und tauchte in seinen klaren Ozean.

"Sprich weiter. Ich mag es - sogar die Worte, die gar nicht zu dir passen."

"Das weiß ich. . . "

"Dann sag sie nochmal. "

Und er sagte es wieder.

Ich beobachtete mich, beobachtete mich wie eine Außenstehende. Ich war stolz die Hürde zu nehmen, war stolz geschehen zu lassen.

"Sags nochmal."

Und er sagte es wieder. Er nannte sie hübsche Fotze, schöne Fotze, geile Fotze - nannte sie Fotze. Es klang wie ein magisches Wort. Es war ein Kompliment. Ich las es in den Augen, spürte es an der Hand und hörte es an der Stimme.

"Sags nochmal. Sags immer wieder. Ich will es hören."

Ich wollte wirklich. *Sie* wollte auch.

Es war die perfekte Verständigung zwischen ihm und ihr. Sie reagierte von allein. Reagierte auf etwas, das ich mir genauso wenig erklären konnte, wie dieses Klopfen im Kopf. Meine Hand lag auf dem bloßen Hügel. Ich ließ geschehen und es geschah. Es geschah ohne Berührung. Über die weiße Düne zum Meer. Die Flut kam von weit her. Fast lautlos rollte sie an. Ich ließ es geschehen. Langsame rhythmische Wellen, deren Kräfte im Nichtbegreifbaren lagen.

Ich lauschte den Hüterinnen des Ozeans, las es in
seinen Augen. Hauchfeiner Schleier der Ewigkeit.
Ich ließ mich tragen, ließ es fließen.
Es trug mich sachte, unendlich sachte.
Über die weiße Düne zu mir.

Danach schauten wir beide schweigend aufs Meer.

4.

Weihnachten blüht der Jasmin

"Hast du die Sendung gehört?"

Tomaso wurde übertönt von „Teddy y Sabor Latino".

Minni schreckte auf, machte einen Buckel und hörte erst auf zu fauchen, als der Lautsprecher-wagen um die Ecke bog. Oh du Fröhliche! Es war der 23. Dezember.

"Und morgen, Tomaso Acosta proudly presents! Klassisch, you know."

"Zum Beispiel ein paar Anekdoten aus dem Theater?"

"Preciosa, du kennst mich erschreckend gut."

Tomaso setzte sich in den Sessel neben der Anlage vis a vis und stellte die Teetasse ab.

"Mit Verlaub, du siehst bezaubernd aus."
Dann lehnte er sich zurück, schlug die Beine über-einander und strich das Haar zurück.

"Anders."

Er fuhr über das akkurate Oberlippenbärtchen. - "Etwas verträumt. Nahezu fremd. Ich liebe es Unbekanntes zu entdecken."

Luisa lachte.

"Verrückter." Es ließ sie auf der Stelle alle Übel vergessen. Seit sie ihn kannte, waren sie knapp bei Kasse. Seit sie ihn kannte, setzte er auf den nächsten genialen Einfall. - Herrgott, so verzieh sie ihm jeden Reinfall.

Tomaso setzte die Kopfhörer auf. Oben aus dem offenen Fenster wehten Bandoneonmelodien. Luisa fiel die nächtliche Fahrt kurz nach der Ankunft ein. Weißes Leder. Warmer Fahrtwind. Emilio am Steuer. Sie neben Tomaso auf dem Rücksitz. Lächelnd klappte sie ihr Buch zu. Dabei fiel die Stromrechnung heraus. Aufdringliche Ziffer auf schnödem Grau. Ein Sakrileg gegenüber den Welten, die Tomaso verstand ihr zu öffnen. Von einer plötzlichen Eingebung beflügelt, nahm sie Tomaso die Kopfhörer wieder ab und strich ihm die undisziplinierte Strähne aus der Stirn.

"Lass uns morgen feiern."

"Gut. Seht gut. - Aber wieso eigentlich erst morgen?"

Wie ein freches Reptil öffnete seine Zunge ihre Lippen. Die Liebe ist Kunst, die Kunst Liebe. Eine Lebensphilosophie, von der sie sich immer wieder gerne überzeugen ließ.

Luisas Weg führte gleich am Morgen in den dritten

Stock. Auch wenn Emilios Lebemannhabitus eine verbindliche Zusage nicht zuließ, er würde kommen. Und zwar nicht allein. Die Leidenschaft, die Leidenschaft... Ihre Einkäufe erledigte Luisa gleich in der Straße und obwohl vor der eigenen Tür der Jasmin üppig blühte, kaufte sie dem Indiojungen ein duftendes Sträußchen ab.

Wegen der Erinnerung.

"Großes Ehrenwort, keine Sekunde werde ich von der Sendung verpassen," verabschiedete sie Tomaso, um darauf verschmähte Schätze zu inspizieren. - Damals. Strümpfe, Schuhe, Dessous. Geschenke Tomasos. In Hemden hatte sie rebelliert. Nicht Tomaso, ihren Vorgängerinnen gegenüber.

Luisa erhob sich von der Bettkante und betrachtete ihr Spiegelbild. Als ob der Bildhauer die Form klarer herausgearbeitet hatte. Dabei fühlte sie sich runder. Tomaso, der Rolle, eigener Weiblichkeit eher gewachsen. Sie fischte zwei einzelne Seidenstrümpfe aus der unteren Schublade. Zusammennehmen, über den Fuß legen, vorsichtig hochrollen. . . Gekonnt! Sie stieg in die Schuhe aus samtigem Leder und lackierte sich rasch die Fingernägel. Erst dann erlaubte sie sich den zweiten Blick in den Spiegel.

Zufrieden begann Luisa in der kleinen Küche ihre Vorbereitungen zu treffen. Pünktlich schaltete sie das

Transistorradio ein.

An Kunstschnee bei Hochsommertemperaturen hatte sie sich nie gewöhnen können, doch ertappte sie sich dabei, wie sie innehielt. Das mit der Illusion hatte er raus. Klar, bei der Stimme! Die hatte gleich gewirkt und mit zu dem wahnsinnigen Entschluss geführt. Kurz vor Weihnachten waren sie in Buenos Aires angekommen. Üppig hatte da auch ihre die Fantasie geblüht. Luisa gab sich mit dem Bariton der Erinnerung hin. Hoffnungen, die sich nicht erfüllt hatten, sicher nie erfüllen würden und die doch da waren. Noch immer!

Mit drei Minuten Verspätung stand Emilio klein und rund vor der Tür. Ein Pfiff.

"Luisa! - Traum meiner schlaflosen Nächte!"

"Pardon", kurzerhand schob sich Tomaso dazwischen. "Caramba!" Sein Hände rutschten in die ausladende Kurve, hielten an, packten zu und wollten dann den Seitenschlitz erforschen.

"Halt!" Mit gespielter Entrüstung wehrte Luisa ab.

Sie nahmen vor weißem Damast Platz und stießen in Gläsern mit Kunstschliff aus Großmutters Nachlass an. Die Lampions lachten, die Grillen zirpten, der Jasmin duftete, was mehr?

Zwischen Patio und Küche nahm Luisa die Würdigungen ihrer Reize entgegen. Tomasos äußerten sich unverschämt beiläufig. Beiläufig streichelte er ihr

Gesäß, beiläufig den Strumpf durch den Schlitz. Besitzerstolz gönnte sie ihm, gönnte ihn sich, doch Emilio sollte auch nicht darben. Sie beugte sich vor.

Darauf hob Emilio das Glas:

"Mi Vida, la vida! - Aiiii", er seufzte. "La vida, la vida!" Es galt denen, die auf breiten Rücksitzen den warmen Fahrtwind genossen. Es galt der Liebe, der Leidenschaft, der Weiblichkeit an sich und veranlasste Luisa sich an Tomasos Wange zu reiben. Für Emilio die Aufforderung zum Bandoneon zu greifen. Erste Töne. Verhalten. Gedanken untermalend, die irgendwie mit Flan und Karamellsoße zu tun haben mussten. Versonnen netzte Emilio sich die Lippen, um dann plötzlich in die Tasten zu greifen. Er sank zusammen, verharrte. Luisa atmete auf, als er in die Harmonie überging. Sie löste sich von Tomaso, um die Szene von der Tür aus zu betrachten.

Schon stand Tomaso auf.

"Teuerste, ich hoffe es ist klar, was du da mit mir machst?" Unmerklich drückte er sie gegen den Türrahmen, suchte wieder den Schlitz. Langsam fuhr er von der Kniekehle zum Band, verweilte, überschritt die Grenze zur Haut. Ein flüchtiger Kuss. Er verschwand in der Küche und Emilio spielte versunken von Paris und dem alten Berlin.

Als Luisa gesalzene Pistazienkerne nachfüllen wollte, nutzte Tomaso die Gelegenheit und zog sie auf den Schoß. Emilio hob das Glas und zwinkerte

Tomaso zu:

"Aiii la vida!"

Er ging über zu einer anderen Melodie, spielte für sie. Für sie und Tomaso spielte er jetzt. Spielte von Träumen, die am Rio de la Plata anlegten, von der Sehnsucht, die durch die Haare strich. Tomasos Nase an ihrem Hals wie schnaubende Nüstern.

Endlich die Rezitation! Eine sehr schöne Gabe, die immer wieder für ergreifende Momente sorgte. "Weihnachtsfriede" passte insofern zum Tango, weil Tomaso den Takt anpasste und seinen Unterleib dezent als Metronom einsetzte.

"Wenn der klare Klang der Glocken, in das Herz so leise dringt." Schön!

Emilio hatte den Klang der Glocken dann auch vernommen und fuhr einfühlsam die Musik raus. . .

Bald darauf ging das Licht im dritten Stock an. Nein, die Illusion ließ Emilio nicht erlöschen. Die Illusion war ja für Luisa. Romeo und Julio im leeren Theatersaal. Der Beleuchter hatte schon die Lichter gelöscht. Aber es gab einen alten Hausmeister in Puschen. Der hatte die beiden entdeckt und dann nochmal leise Musik angestellt, weil Romeo sich gerade über Julia beugte. "Und der klare Klang der Glocken, in das Herz so leise dringt. . ." Tomaso küsste sich den Hals runter in den Ausschnitt. Auf dem schweren, runden Tisch brachte er Luisa in die

Waagerechte. Und die Hand war gut. Gut war die Hand. Ihren Spann streichelnd, ihre Fessel packend. Er ließ wieder los, huldigte der Seide. Unendlich sanft. Der ganzen Länge ihres dunkelbestrumpften Beines.

Dann arrangierte er auf zwei Gartenstühlen ihre Beine. Er beugte sich vor und löste ihr Haar. Luisa schloss die Augen. Und während sie sich vorstellte, welches Bild sie ihm bot, sie mit jeder losen Haarnadel eine andere wurde, schob sich die Hand unter ihr Kleid.

"Herrgott, was machst du mit mir?" Ein Griff.

"Aua, der Tisch!"

"Es gibt keine Lage, die man nicht veredeln könnte durch Leisten und Dulden. - Goethe." Tomaso öffnete die Hose.

Und es war nicht ihre Scham, nicht mehr seine Hand. Glühende Blöße zwischen den Strümpfen. Sie wusste, ihr Anblick reizte ihn unglaublich. Doch würde er sich zurückhalten. Auskosten würde er. Jeden Impuls, jede Regung. Und sie weiter betrachten. Wie in einem offenen Buch würde er in ihr lesen.

- "Gestatten?" Er zog ihren Ausschnitt tiefer. - "Göttlich!" Kreisende Daumen um dunkle Höfe. Und er sah zu, wie sie sich zusammenzogen, wie aus Warzen Nippel wurden. Sich gierig ihm entgegenreckend.

"Himmlisch!"

Seine Berührung war flüchtig. So flüchtig, dass es sie heiß durchzuckte. Fließen zwischen den Strümpfen. Und Emilio erzählte Geschichten. Weit weg, als wiegte er ihr Boot, bis Tomaso es stürmisch bestieg.

Die ungeahnte Leidenschaft versetzte Luisa einen Stich. Es rebellierte. Nicht Tomaso, ihren Vorgängerinnen, Dessous gegenüber.

Emilo fuhr in die Tasten, schürte die Glut. . .

Luisa atmete auf, als Tomaso mit ihm in piano überging.

Die Grillen zirpten, der Jasmin duftete - "Preciosa!" Alles schien wieder möglich. Der Rücksitz war breiter, der Fahrtwind warm und sie trug solche Strümpfe. - Ja, Beine würde sie zeigen. Und dann würden sie tanzen. Roter Teppich oder spiegelndes Parkett.

Luisa schlang die Beine um seine Hüften. Durstig. Und während er sie nahm, nannte er sie Teuerste. . . nannte sie Schönste. . . nannte sie Liebste. . .

"Aiii, la vida! - La vida, la vida." Oben schloss sich der Vorhang und unten läuteten die Glocken.

Himmel, wie duftete dieses Jahr der Jasmin.

5.

Die Fessel

Der Schnittpunkt ihrer Koordinaten hieß Plaza Santa Maria. Just als die Kirchturmuhr zwölf schlug und das geschäftige Treiben plötzlich innehielt.

Eine lange Minute standen sie nebeneinander und erinnerten sich an die Busfahrt:

Sie an die vagen Seitenblicke.

Er, dass er keinen Mut hatte, sie anzusprechen.

Als sich das Schweigen auflöste, fragte er:

"Gibt es in diesem Nest auch eine funktionierende Internetverbindung? Überall, wo ich es versucht habe, streiken die Computer."

"Kommen Sie, die Bibliothek hat sogar ADSL."

Sie zeigte auf das geflaggte mittelalterliche Gebäude und er fragte: "Sind Sie von hier?"

"Nein, aber lange genug da, um Sie gleich als Fremden auszumachen. - Tourist sind Sie jedenfalls nicht. Was wollen Sie damit fotografieren?"

Er nahm sie lachend mit der Canon ins Visier.

"Am liebsten Sie. - Aber ich habe mich breitschlagen lassen. Fotos für eine Reiseagentur, die auf

Folklore steht."

Tatsächlich hatte er daran gedacht. Die ganze Zeit schon. Dachte daran, als er ihr folgte.

Das schwarze, weite Oberteil ließ sie noch schlanker, noch porzellanener wirken. Wie ein Vorhang fiel es weich über ihre Schultern, bot Schulterblättern und Nacken eine kontrastvolle Kulisse. Die Treppe hinauf überlegte er, wie es wäre die kleine Kuhle am Haaransatz zu küssen.

Oben wechselte sie ein paar Worte mit der Bibliothekarin. Dann begleitete sie ihn an den Computer.

"Sie können sich Zeit lassen, die nächsten zwei Stunden ist niemand vorgemerkt."

Er hätte sich gewünscht, sie hätte ihn etwas gefragt. Ob es ihm hier gefalle, wie lange er bliebe, die üblichen Fragen. Er zögerte sich dem Computer zuzuwenden und kam sich vor wie ein dummer Junge, weil ihm selbst nichts Passendes einfiel.

"Na dann. Viel Glück. - "

Sie blieb. Abwesend blieb sie stehen, als suchte sie in Gedanken noch etwas, das er aber nicht mit sich in Verbindung bringen konnte. Es war nicht direkt unangenehm, weil sie dabei eher durch ihn hindurchsah und er solange bei den Lippen bleiben konnte. Rotgeschminkt, dem einzigen Farbtupfer in Form einer reifen Kirsche, wo reizvolle Widersprüche zusammenliefen. Schon kehrte sie von dem flüchtigen Ausflug zurück.

"Das mit dem Fotografieren, war das eigentlich ernst gemeint?"

"Ja. - Ja sicher. Hätten Sie Interesse?" Aus dem Hemd zog er seine Karte und notierte etwas auf der Rückseite. "Hier meine Mobilnummer - Oder. Wir können natürlich auch gleich was ausmachen."

"Unter einer Bedingung, dass Sie nicht hier entwickeln lassen."

"Keine Sorge, ich mache das immer selbst."

Der Vorschlag mit der Bar kam von ihr.

Im Weggehen drehte sie sich nochmal um.

"Übrigens ich heiße Anna. Ich glaube es würde mir gefallen."

Sie holte danach Brot beim Bäcker, lief durch die engen Gassen, um so wie immer in einem der mit Geranien bewachsenen Eingänge zu verschwinden. Fast lautlos huschte sie über die Dielen, drückte vorsichtig die Klinke runter.

Der Mann am Schreibtisch setzte die Brille ab.

"Schon Zeit zum Essen?"

"Nein, lass dich nicht stören."

Schon war sie im angrenzenden Zimmer, öffnete Fenster und Läden. Lorenzo sagte: "Wenn du dich nur manchmal selber sehen könntest." Das eben konnte sie nicht. Im Schrankspiegel betrachtete sie sich. Es war eher ein Forschen, als ob sie mehr herausfand, wenn sie nur lange genug davor stand und sich ansah. Das vergilbte Glas, die blinden Flecken und der abgeblätterte Lack des Rahmens verstärkten die Illusion, dass es nicht sie selbst war, sondern sie jemand Fremdes, eigentlich ein Bild betrachtete. Warum also wollte der Mann sie fotografieren?

Als Lorenzo hereinkam, seine Hände auf ihre Schultern legte, seine Daumenkanten ihren Hals streichelten, überlegte sie, ob sie davon erzählen sollte. Sie tat es nicht, sondern genoss seine Hände, genoss wie sie unter ihr Hemd fuhren. An ihren Brüsten angelangt, raffte sie das Oberteil hoch, umfasste ihn sanft. Ein schönes Bild ihrer beider Hände. Jahre dazwischen. Jahre, zu denen sie kein Verhältnis hatte. Sie ließ ihm und sich das Vergnügen, dann drückte sie zärtlich: "Komm, lass uns essen!"

Lorenzo hatte es wieder gepackt. Den letzten Romankapiteln gehörten seine Nächte. Nachdem Anna die Wochenblattkolumne geschrieben hatte, ging sie zu Bett und ließ durch das offene Fenster die Sommernacht ein. Irgendwo wurde gefeiert. Sie liebte es, sich so forttragen zu lassen. Zwischen Wachsein und Schlaf reflektiert der Mond und streunen die Katzen. Der Fotograf war nett gewesen. Der Rest fiel ihr erst wieder ein, als sie erwachte. Als sie aufrecht im Bett saß, im einfallenden Licht der Straßenlaterne Lorenzo betrachtete. Auf dem Rücken liegend, bis zum Bauchnabel vom Laken bedeckt, in ruhigem tiefem Schlaf. Schön war er. Trotz seiner mehr als sechzig, unglaublich schön.

Julio Cabrera hatte schlecht geschlafen. Am Morgen fiel ihm gleich das Zahnputzglas runter und hinterließ eine hässliche Delle im Becken. Beim Aufsammeln der Scherben hatte er sich dann auch noch geschnitten. Nicht schwerwiegend genug, um als Entschuldigung durchzugehen. Es war irrational, völlig hirnrissig, aber er hätte jetzt lieber gekniffen.

Julio war pünktlich.

Die Kirchturmuhr schlug zwölf, als beide die von Touristen bevölkerten Tische anvisierten.

Sie bestellte Cortado und er schloss sich dem an.

"Ich würde es gerne gleich angehen. Was sollen wir lange reden."

Ihm fiel darauf nichts Klügeres ein, als wie ein hypnotisiertes Walross etwas zu ihren Augen zu sagen. Worauf er denen erst recht begegnete und sich schutzlos fühlte. Schutzlos. Bloßgelegt. Geliefert. -

"Und wo - ?"

Sie zog einen Schlüssel heraus.

"Wird Ihnen gefallen. Es ist nicht weit."

Die Stufen runter zur Altstadt hatte er Mühe mitzuhalten.

"Hübsches Viertel."

"Ja, alte Patrizierhäuser."

Vor einem maisgelben Haus blieb sie stehen.

"Es gehört der Gemeinde. Sonst wird hier ausgestellt."

Drinnen roch es nach frischer Farbe. Er setzte sich auf den Segeltuchballen, der neben losem Werkzeug lag und sagte: "Ich mag leere Räume."

Sie hatte sich gefürchtet. Weil der Fotograf jung war. Weil er ruhelos war. Wie ein Tier im Käfig kam er ihr vor. Ihm gegenüber ans Fensterbrett gelehnt, dachte sie: Räume sind nie leer. Diesen Raum füllen Wünsche. Als sie sagte: "Ich möchte nackt fotografiert werden", war sie sicher, auch er hatte daran gedacht. Sie hatte nur reagiert. Instinktiv. Er war attraktiv.

Er suchte in seiner Fototasche, steckte sich eine Zigarette an, hielt sie im Mundwinkel während er nervös sein Objektiv einstellte. Sie hatte das Tier erschreckt, es flüchtete. Früher wäre sie geflüchtet, obwohl ihr die Spiele noch vertrauter waren. Nicht, dass ihr viel daran gelegen hatte, aber wenn sie gewollt hätte, hätte sie mitspielen können. Irgendwie hatte sie den Bezug dazu verloren und die Männer reagierten darauf wie Fliegen. Sie löste die Träger und das Kleid fiel ihr auf die Schuhe. Es kam zu plötzlich. Ihn verunsicherte das winzige Dreieck auf bloßer Scham, das ihm wie ein Wegweiser in verbotenes Gebiet vorkam.

"Wichtig ist, dass du dich wohlfühlst." Er stand auf.

"Ich hatte schon öfter daran gedacht."

Er zog das verschnürte Segeltuchpaket zu ihr rüber. „Was meinst du, wenn wir es auseinander legen, hättest du eine Unterlage."

Als er den Knoten löste, knüpfte sie an: "Vor dem Einschlafen hatte ich diese Fantasie. Ich glaube sie nicht einmal ungewöhnlich. Kräftige Hände legen sich mir um die Fußgelenke. Der Druck nimmt zu. Und indem der Griff fester und fester wird, werden mir die Beine auseinandergezogen." Nackt hockte sie vor dem fremden Mann, schlang die Arme um ihre Beine und wusste er gehörte zu denen, die ewig auf der Suche waren. Ihrem Blick wäre er lieber ausgewichen und sie hätte ihm gern den Zusammenhang erklärt, sagte stattdessen: "Lass uns endlich anfangen, ehe ich es mir anders überlege."

Was hatte sie sich nur dabei gedacht? Begehrenswert war, was man nicht haben konnte. Leidenschaft am stärksten, wo sie nicht erwidert wurde. Wie oft hatten Männer unerfüllte Wünsche Liebe genannt. Und sie lieferte sich freiwillig aus. Anna fühlte sich schuldig. Die Beine geschlossen, flüchtete sie dorthin, wo Luna regiert. Tröstende Bande. Beruhigende Fessel. Wie kein anderer kannte Lorenzo die Stellen. Er kannte die Frauen. Wer weiß, wäre sie ihm in jungen Jahren begegnet? Wäre sie ausgewichen? -

Süße Folter. Langsam, unglaublich langsam wurden ihre Oberschenkel auseinandergetrieben. . .

Nackt lag sie da. Der Mann über ihr fremd. Das Tier und die Beute. Alle wollten sie haben und sie war geflüchtet. Außer Lorenzo. Er wollte sie nie besitzen. Sie öffnete leise, nicht sichtbar, eher ein Seufzen zwischen den Schenkeln. Die Augen geschlossen, zog sie die Beine an, drehte sich zur Seite. Diese Haltung schloss Unwesentliches aus, reduzierte. Auf Schritte und die rasche Folge der Schüsse. Ein Metronom, den Rhythmus innerer Bilder bestimmend. Weitgespreizt. Gefesselt. Ausgeliefert. Während etwas begann sich der Innenseiten ihrer Schenkel zu bemächtigen. Etwas, das heftiger wurde. Fester, fordernder.

Empfindungen.

Eindrücke.

Nässe.

Sie musste sie sich bewegen und widerstand dem Impuls sich selber zu berühren. Räume sind voller Leben. Dieser roch nach frischer Farbe und nach Erregung.

"Du glühst richtig." Er sah eher mitgenommen aus.

- Was solls. Es war ihr nicht einmal peinlich. Als sie ihr Kleid überzog, war es wie hinter diesen verspiegelten Scheiben. Sie sah ihn, doch er sah sie nicht.

Gemeinsam legten sie das Segeltuch zusammen.

Er verschnürte es sorgfältig, dann zogen sie es zurück in die Ecke.

"Ich muss los."

"Warte. - Du willst doch sicher Abzüge."

"Schick sie mir." Sie notierte eine Postfachadresse.

"Ich muss wirklich los."

Kurz darauf standen sie wieder voreinander, als gäbe es noch etwas zu sagen."Also dann -" Sie winkte, bevor sie unter der Bougainvillea verschwand.

Erst holte sie Brot beim Bäcker. Dann schob Manolito wegen einer Dose Anchovis die Jalousie seiner Tienda noch mal hoch. Verträumt sah sie kurz darauf brutzelndem Knoblauch im Olivenöl zu.

"Hmm, riecht fantastisch", Lorenzo steckte den Kopf zur Küchentür herein. "Sags gleich, irgendein denkwürdiger Tag?"

"Keine Sorge, Geburtstag feiern wir erst in einem halben Jahr." Wie Gesichtereinprägen gehörte es zu den unwesentlicheren Dingen. Wesentlicheres machte es zu Glück wett. Als er sie von hinten umfasste, legte sie den Kochlöffel hin. Es geht um dich. Zuerst gehts um dich, hatte er immer gesagt. Sie dachte etwas wehmütig an den Fotografen und bezweifelte, dass er auch nur von solchen Dingen ahnte.

Kleine Küche, große Geste. Lorenzo verbreitete Savoir-vivre. Er goss ein und hob schmunzelnd das

Glas.

"Die Frau ist ein Geheimnis. Man muss sie enträtseln, und wenn du sie ein ganzes Leben lang enträtseln wirst, so sage nicht, du hättest die Zeit verloren", unter dem Tisch streichelte er ihre Kniekehle und erntete einen Kuss.

"Neugierig warst du ja noch nie", Anna balancierte vom Absturz bedrohte Spagetti zum Mund.

Es war einer dieser verheißungsvollen Tage. Über Mittag ertrug man es nur im abgedunkelten Zimmer. Das Ambiente erster verbotener Lektüre. Ventilator und das Brummen einer dicken Fliege. Ansonsten Stille. Auf dem Bett zündete sich Lorenzo eine Zigarette an. Wirst schon sehen, in ein paar Jahren funktioniert es nicht mehr, war die hilflose Prophezeiung eines verschmähten Verehrers gewesen. Wie man deutlich sah, sie blieb unerfüllt. Ihre Hand an der verlockenden Stelle, war sie überzeugt, mit siebzig würde es noch genauso sein. Es verlieh Lorenzo eine gewisse Konkurrenzlosigkeit.

"Lass dich nicht stören", er drückte seine Zigarette aus, ließ sich zurück ins Kissen sinken.

"Purer Eigennutz. - Pass auf."

"Ein schöner Rücken kann auch entzücken."

Equilibristisch brachte sie sich aus dem Knien in die Waagerechte. "Zu schwer?"

"Ich werde mein Los zu tragen wissen."

Diese Freude am Experiment hatte sie bei jüngeren Männern nie erlebt. Er bewegte sich in ihr. Oder sie sich in ihm. Des Spielraums enthoben, ließ sie sich auf seinen Rhythmus ein. Gleichzeitig schlossen Stellungen von hinten die eigene Freiheit mit ein. Miteinander verwoben konnte sie sich ihrer Fantasie überlassen.

Dem Griff.

Der Stelle an den Knöcheln.

Eindrücken, Bildern. Stimulierend, Grenzen passierend, sich aller körperlichen Öffnungen bemächtigend, um es dann auf ihre Tabuzone abzusehen. Oh ja. Es gab sie noch immer.

Anna entzog sich vorsichtig: - "Komm. . . "

Unter der Kommode zog sie die hohen Schuhe hervor, zwängte die Füße ein. An die Wand gestützt, konnte sie sich seitlich im Spiegel beobachteten. Die Bucht vom Rücken zum Gesäß. Die weiche Linie von den Kniekehlen zu den Waden. Als er zwischen ihre Schenkel tauchen wollte, hielt sie ihn ab. Die Kurve wurde ausgeprägter, ihr Hinterteil einladender. Für die schambesetzte Pforte fehlten die Worte. Alles was ihr einfiel, hätte ordinär geklungen. Schon spürte sie ihn an der magischen Stelle - "Hat was dabei zuzusehen!"

Anna sah jetzt nur sein Gesicht. Den Blick, die in die Stirn fallende Haarsträhne. . . Er hatte seine Fesseln längst abgestreift, darum beneidete sie ihn.

Das Eindringen gelang ihm nicht, doch der Versuch wirkte bis in die Haarspitzen. Anna lotse ihn an die vertrautere Pforte, wobei der anhaltende Kitzel einem aufregenden Phantomschmerz glich. Unendlich langsam ließ er sie seine ganze Länge erfahren. Ihre Körper passten, hatten sich immer verstanden, Selbstvergessenheit hatte sie so nie erfahren. Seine Stöße wurden heftiger. Der Punkt, wo sie sich einem großen Gemeinsamen überließen, einer Art mächtigem Atem. Wo die Umwelt verschwamm, sie verschnörkelten Rahmen entrückten, sich Äußerliches reduzierte.

Auf seinen Geruch, seine Arme.

Das treibendere Stakkato.

"So! - Ja? - So! - "

"Ahh - Ja so -"

Minimalkommunikation. Ein aufeinander eingestimmtes Wortpuzzle als Ventil aufgepeitschter Lust, die sich noch einmal zurücknahm. Anna beugte sich vor, hielt kurz inne. Dann drückte sie blitzschnell die Knie durch. Ein einziger Stoß. Heftig. Erlösend. Ihre Körper hatten sich immer verstanden.

Julio Cabrera studierte akribisch die Bilder. Das Mal unter der linken Warze, die feinen dunklen Haare unter dem Nabel. Als böten ihm kleine Unvollkommenheiten den Schlüssel. Ästhetik allein war es nicht. Zum Couchtisch gebeugt, versuchte er herauszufinden: Was dann? Selbst die ersten Schüsse waren um Längen besser als sämtliche Aktfotos vorher. Fotos von Frauen, mit denen er geschlafen hatte. - Da! Die Selbstgenügsamkeit täuschte. Als sie den Kopf zurückgebogen hatte, hatten ihre Lippen etwas Trotziges bekommen. Und in der Halsschlagader hatte es entschlossen gepocht. "Scheiße!" Die Lippen straften ihn Hohn, ihre Entschlossenheit Verachtung. Mit einem Mal hatte er es eilig, die Fotos loszuwerden. Julio Cabrera leerte das Whiskyglas in einem Zug. Dann steckte er den ganzen Stapel in einen Umschlag und versah ihn mit einem breiten Klebestreifen.

"Schau!" Anna schob Lorenzo die Fotos hin. Eines nach dem anderen betrachtete er und nickte jedesmal anerkennend. Dann schaute er auf. "Schön," war sein Kommentar. "Sieh nur, wie schön du bist." So ganz verstand sie es immer noch nicht.

6.

Verhext

Nuria saß am Schreibtisch und schrieb: *Weder war es windig, noch zog es im Zimmer. Trotzdem, die Kerze flackerte wie verrückt. Aufgebracht fuhr die Flamme hoch. Erschrocken sprang ich auf und stellte sie in die Mitte des gekachelten Fußbodens. Fasziniert beobachtete ich das Schauspiel. Unglaublich! So unglaublich, wie diese ganze Geschichte. Nicht einmal zwei Wochen waren es her. Es war Vollmond. Amanda sagt, solche Dinge setzen meist zum Vollmond ein. Ich hatte mich so gefreut. Die vier Wochen waren mir endlos vorgekommen. Juan, mein Juan war endlich da. Auf dem winzigen Balkon stand er hinter mir und schmiegte sich an mich. Es war herrlich. Ich genoss das raue Kinn an meiner Wange, genoss, dass er es an mir rieb. Er rieb sich wie ein rolliger Kater. Gemeinsam beobachteten wir die Leute unten. Ich mag diese Straße, mag das Viertel. Im Sommer vibriert die Altstadt. Ich schob mich näher an seinen Schoß. Endlich war er da. Ich hatte ihn so vermisst. Ich spürte die harte Stelle, spürte wie er antwortete und sich dichter drängte.*

Juan griff meine Brüste. Langsam drückte er zu und biss mir in den Hals. Die kleinen Bisse sind meisterhaft. Sie wirken immer. An dem Abend machten sie mich verrückt. Ich drehte mich um, fasste Juan um die Taille und flüsterte ihm ins Ohr: "Venga, komm! Ich halts nicht mehr aus!"

Er hatte mich mal wieder soweit gebracht. Soweit, dass mir alles nicht schnell genug ging. Ich zog ihn zum Bett.

"Te quiero. . . te quiero, te quiero, te quiero. . ."

Juan grinste und öffnete den Reißverschluss. Und da passierte es. Genau in dem Moment, als sich mir sein bestes Stück in ganzer Pracht zeigte. Genau da.

Immer wenn es losgehen sollte, passierte es. . . Jetzt schon wieder. Sogar beim Schreiben. Aus. Vorbei. Sie legte den Stift beiseite. Die Kerze flackerte wieder wild. Es war gut gemeint von Amanda. Sie sagte Schreiben sei genau das Richtige zum Ablenken. Vieles war Nuria noch immer ein Rätsel. Was Amanda gemacht hatte, wusste sie nicht, aber es hatte geholfen. Nuria nahm ein neues Blatt und griff wieder zum Schreiber. Um Entschlossenheit ging es, geradlinige Entschlossenheit. Amanda hatte recht. Es war gut zu schreiben. Und sie schrieb:

Juans Schwanz ist schön. Besonders wenn er aufrecht in schöner Biegung vor mir steht. Juan weiß, wenn er ihn wippen lässt, regt es mich an. Und dann, als ich ihn an dem Abend anfassen wollte, in dem Moment mischte sich der andere ein. Das Bild war klar und deutlich. Erst sah ich nur den Schwanz. Er war beeindruckend, groß und fickreif. Größer, als der von Juan. Nicht dass es mir jemals auf die Größe ankam. Zwei, drei Zentimeter mehr oder weniger, was macht das schon. Irritiert fasste ich Juans Schwanz und ließ meine Hand wandern, langsam auf und ab. So fange ich gerne an. Dass ich mir dabei Zeit ließ, war nicht ungewöhnlich. Ich konzentrierte mich, hoffte, so würde der andere verschwinden Von wegen! Das Bild blieb, der Schwanz gewann an Schärfe, rückte in den Vordergrund. Klar, wenn du an etwas nicht denken willst, dann denkst du gerade dran. Es zu wissen, machte mich in der Situation auch nicht schlauer. Meine Hand ging auf und ab und auch der andere blieb stehen. Hartnäckig und stur. Ich empfand es als Frechheit, zumal, als sich mir dann die dazugehörige Person präsentierte. Ich kannte ihn nicht. Es gab nicht die entfernteste Ähnlichkeit zu jemand bekanntem. Der Gipfel war seine siegessichere Miene. Zugegeben, er war attraktiv. Groß, gut gebaut, ausgestattet mit den Attributen eines vollblütigen Hengstes. Während ich Juans Schwanz fast verzweifelt wichste, ärgerte ich mich darüber, dass mein Körper auf den arroganten Kerl reagierte. Auf und ab führte die Hand. Vielleicht half die

Steigerung der Geschwindigkeit, vielleicht half es das Bild zu verdrängen. In verbissenem Auf und Ab wurde ich schneller und schneller. Ich wichste wie versessen.

"Sag mal, willst du heute einen Rekord brechen?"

Juan kannte mich einfach zu gut. Obwohl er sich Mühe gab, meiner Erklärung zu folgen. - Er ist einfühlsam und Psychologie interessiert ihn. Seinen Schwanz dummerweise weniger. Während wir analysierten, welkte die Pracht. Es war ein Trauerspiel. Es war nichts mehr zu machen. Ich kuschelte mich in der Nacht eng an Juan. Er hatte nichts verstanden, gar nichts. Wie sollte er auch. Ich verstand es ja selber nicht.

Meine Absätze klackten auf dem Pflaster. Sommernächte liebe ich. Ich fühlte mich gut und genoss die Blicke. Seiner war pure Herausforderung. Unverfroren gesellte er sich an meine Seite. Er sprach mich nicht an, ging nur neben mir her, so selbstverständlich, als gehörte er dazu. Ich zeigte die kalte Schulter. Im rückenfreien Kleid kam es gut an. Meine Kratzbürstigkeit gefiel ihm. Er kam näher. - Es war spannend. Klar war es spannend. Meine hüpfenden Brüste signalisierten: Spielen kann ich auch! Schau sie dir an, ja, schau sie dir nur an meine kleinen hübschen Dinger! Schau, wie sie wippen. . . - schön, nicht wahr?. . . Geile Titten, geile Titten. . . Ich lachte, warf den Kopf zurück und fand mich verrucht. - Gut, so hätte es auch in Wirklichkeit sein können. Die andere Seite war mir nicht so vertraut. Als er zupackte, fiel es mir auf.

Der Griff war gut. Ein harter Griff, fest und fordernd. Mir gefiel es, richtig gepackt zu werden, mir gefiel sein „Ich - will - Dich". . . Ich will Dich! Ich werd es dir zeigen, dich rannehmen . . . Es war wie im Film. In den hohen Schuhen knickte ich um. Richtige Kerle bestimmen. . . Es regte mich an. Es regte mich auch an, dass er mich in die kleine dunkle Straße zog. Er drückte mich an eine Hauswand und in meinem Kopf liefen Szenen ab. Szenen von Frauen, die genommen wurden - rangenommen wurden. Richtige Kerle fackeln nicht lange. Mein Träger riss. Der andere rutschte von selbst. Er fasste zu, kurz, viel zu heftig. Dann rieb er die Nippel, rieb sie und rieb sie. Mit der flachen Hand rieb er sie. Es war aufregend gut. Es gefiel mir, dass er mich an die Hauswand drückte und es gefiel mir sogar, dass er grob war. Und ich gefiel mir, wie ich in verruchter Pose, hochhackigen Schuhen, verschmierter Schminke von diesem Mann an die Wand gedrückt wurde - ich war geil und er sollte mich nehmen. Hier an der Wand sollte er mich nehmen. . . - Ah, es war gut, wie er sich in meinem Hals festbiss. . . wie sein Körper mich an die Wand drückte, dass ich mich nicht wehren konnte. . . Hastig schob er mein Kleid hoch, öffnete seinen Gürtel, ein, zwei Griffe. . .

Ich schaute hin. Natürlich schaute ich hin. Einen harten, stehenden Schwanz muss ich sehen. Mit diesem war es, als würde er mir in Zeitlupe und Großaufnahme gezeigt. Aus Zuckungen wurde Beben, ein langsames An - und Abschwellen. Es war gewaltig. Beim Anheben quollen lila die Adern hervor. Er sah aus, als müsste er bersten. . . Ich lehnte den Kopf an, presste die Arme an die raue Wand. Zwischen meinen Beinen klopfte es wild, gleichzeitig wurde mir schwindelig. Alles war merkwürdig. Ich atmete durch, schaute wieder hin. Fast unheimlich war es, wie er sich auf mich zubewegte. Das Monstrum zog an wie ein Magnet. Ich war nass, stand gleichzeitig neben mir und sah mir zu wie ich mich ihm entgegenschob. Und dann, - - - ich weiß nicht, was mich davon abhielt. Jedenfalls zog ich zurück. In dem Moment, als er eindringen wollte, entzog ich mich. Ich kniff die Beine zusammen, schaute hoch und erschrak über mich selber.

Noch bevor Juan aufwachte, stand ich auf. Vorsichtig waren wir den ganzen Tag umeinander geschlichen. Ich ärgerte mich, dass ich keine Erklärung fand, ärgerte mich über meinen Kopfsalat und darüber dass mein Gefühlszustand unser Zusammensein verdarb. Über Juan ärgerte ich mich auch. Daran, wie er mich ab und zu ansah, erkannte ich, dass er an meiner Aufrichtigkeit zweifelte. Ich wusste, jede Erklärung würde es nur noch schlimmer machen. Als Juan sich verabschiedete, atmete ich auf.

Ich fühlte mich verfolgt. Immer der gleiche Kerl, immer der gleiche Schwanz und immer diese arrogante Miene. Er hatte sich in meinen Gedanken eingenistet. Es fällt schwer, sich auf die Arbeit zu konzentrieren, wenn dir jemand im Kopf sitzt. Ich konnte ihn sogar hören. Die Stimme war gut, zielte direkt zwischen die Beine. Ich ärgerte mich darüber, wie ich auf seine derben Worte reagierte.

"Soll ich es dir machen, soll ich es dir besorgen, Kleine? Soll meine harte Latte dich fertig machen, dich festnageln, an die Wand, wieder an der Wand, das gefällt dir doch, das nächste Mal von hinten, wie wärs damit, ich zeig dir, was meine Latte kann, meine geile Riesenlatte, selten so ein Gerät gesehen, . . . ich besorgs deiner Fotze . . ." So und ähnlich hörte es sich an.

Unter dem Schreibtisch öffneten sich meine Beine. Es pochte und pochte. Das, was er sagte, wie er es sagte. . . Es machte gleich nass. Ich sah mich, wie ich breitbeinig stand. Breitbeinig in hohen Schuhen, das enge schwarze Kleid so weit hochgeschoben, dass man über den Rand der Strümpfe sah.

"Von hinten. . . von hinten besorg ich es dir. . .

*schieb dir mein Ding von hinten rein. . ." Es war
jedesmal die Stimme, immer seine Stimme. Zum
Verrücktwerden war es.*

*Er versuchte mich zu überrumpeln. Wobei wir
wieder bei der Psychologie und dem Unbewussten
wären. Natürlich fragte ich mich selber, inwieweit
ich mir auf diese Weise meine uneingestandenen
Wünsche erlaubte. Was ich mir nicht erklären
konnte, war der Mann. Immer dieser eine Mann und
vor allem seine Präsenz.*

*Nachts versuchte er es mit Tricks. Erst war der
Schwanz da. Es hätte auch der Schwanz von Juan
sein können. So präzise sind meine Traumbilder
nicht. Ein Schwanz war da. Ein vor mir aufragender
harter Schwanz. Wenn ich einen Ständer sehe, allein
und für sich, logisch dann reagiere ich. Es regt mich
sofort an. Ich fasste ihn an, hielt ihn einen Moment
ruhig in der Hand. - Mein Tick! Erst wird gewogen.
Ich zieh meine heimlichen Schlüsse daraus. Er war
voller Tatendrang, die Zucker wie Blitze. Ich drückte
anerkennend zu. Dann fing ich an ihn zu wichsen.
Schwanzwichsen gefällt mir, ich könnte es stunden-
lang tun.*

*"Wichs mir den Schwanz, ja, das ist gut, du bist
eine gute Schwanzwichserin. . . eine geile, kleine
Schwanzwichserin. . . jaaaa, wichs ihn mir geil. . .
so ist gut, . . . jaaaa, so. . . wichs ihn mir geil, deine*

Hand ist gut, was hast du nur für eine kleine, geile Hand. . . ja, mach weiter so, pack richtig zu, feste, gut, ja so. . ."

Das hätten auch Juans Worte sein können. Die Stimme klang fremd. Im Traum war sowieso alles anders, alles ging schneller. Allein der Gedanke genügte und schon war ich über ihm, kniete über seinem Gesicht. Normalerweise hatte ich hier gewisse Schranken. Es dauerte länger bis ich soweit war. Jetzt genoss ich ohne Scham wie es glitschte. Nässe in Nässe. Ich spürte die Zunge. Eine lange zugespitzte Zunge, die in mich stieß. Die Zunge stieß mehrmals in meine Spalte, zog sich raus, zog sich durch die Nässe, dann kreiste sie. Mit der Zungenspitze kreiste er um den sich reckenden Kitzler, saugte sich fest und zog ihn lang. Ja, das war gut, sehr gut. . . Ich ging mit, hob mich an, ließ mich sinken, rieb mich durch das triefige Nass. Der Schwanz musste her, jetzt der Schwanz. Mit ihm könnte ich weiterreiben, mit der Spitze um den Kitzler kreisen, die ersten Tropfen würden perlen. . . Ich setzte mich um. Sah den Schwanz, nahm ihn in die Hand, blickte auf, - nein, nicht schon wieder!

Mir fiel Amanda ein. Zum Glück fiel mir die alte Amanda ein.

"Vaya chica, frei von der Leber weg. . ."

Sie saß mir an dem kleinen Küchentisch gegenüber

68

und hörte mir aufmerksam zu.

"No te preocupes, keine Angst. . . da lässt sich was machen. Mit Deinem Juan, das renkt sich wieder ein, - nur wenn der andere wieder auftaucht, denk daran. . ." Sie schaute mich durchdringend an. "Es gibt Gute und Schlechte. Lass den anderen nicht spritzen. Bleib weg von seinem Saft!"

Die dicke Kerze ist von Amanda. Irgendwas hatte sie damit gemacht und es funktioniert. Seit drei Tagen ist er nachts nicht mehr aufgetaucht. Vielleicht bin ich klüger geworden. Ich fall nicht mehr darauf rein. Ich schau mir jetzt zuerst das Gesicht an. Und dass ich ihm gesagt habe, dass sein Schwanz mir nicht sonderlich imponiert, hat ihm auch nicht gefallen. Er ist dumm. Er hat nicht mal gemerkt, dass es mich Überwindung gekostet hat. Mein Schwachpunkt sind wirklich die Schwänze.

Nuria strich sich mit der Hand über die Stirn. Er musste es mitbekommen haben. Jetzt war er da, versuchte es wieder mit Worten. Sie hatte den Faden verloren. Es machte ganz wirr im Kopf. Nuria stand vom Schreibtisch auf, setzte sich in den tiefen Sessel und schloss die Augen.

Die Stimme klang rau. Das Lachen zu laut.

". . . Ich zeig dir, was ein Kerl ist, wies ein Kerl macht, richtige Kerle gefallen dir doch. . ."

Mochte sein, aber dieses widerliche, viel zu laute Lachen nicht. Wenn Juan lachte, dann wurde es warm. - Juan. . . Ein Lächeln überflog ihr Gesicht. Nuria rutschte tiefer in den Sessel. - Wie ein kleiner Junge konnte er sein. . .

". . . Ich zeigs dir, wies ein Kerl macht. . ."

Nuria hielt die Augen fest geschlossen und dachte an Amandas Tipp mit dem Sprechen.

"Juan. . . Dein Schwanz. . . Gib ihn mir. . . Dein Schwanz tut mir jetzt gut. . ."

In aller Deutlichkeit stellte sie ihn sich vor. Aufrecht und hart, sah ihn wippen. . . Juans Schwanz, sein wunderschöner Schwanz, sein harter Fickschwanz. . . Vorsichtig fasste sie an. Blödsinn! Sie musste lachen. Auch er mochte es fest, mochte, wenn sie zupackte, richtig zupackte, ihn im Griff hatte. Ja, so war es gut. . . Sie hielt seinen Schwanz in der Hand und spürte, wie sie sich dabei zwischen den Beinen öffnete. Es war gut. So wars gut. Die aufdringliche Stimme wurde schwächer. Langsam schob ihre Hand. . . Rauuuf. . . Langsam runter. . . In dem Maße, wie sie sich dabei entspannte, verschwand der andere. Oder war es Juans Schwanz, der den anderen verdrängte? Egal, Hauptsache er war weg. . . Rauf, wieder runter. . . Der Schwanz hatte Kraft, was für eine wunderbare Kraft er hatte. . . Juans herrlicher Schwanz, ihr Fickschwanz, ihr schöner geiler Fickschwanz. . .

Rauf und runter bewegte sie die Hand und genoss, wie sie sich selbst weiter öffnete. Das rhythmische Auf und Ab gab den Impuls. Ihre Blüte war im Werden . . . Die Lippen schwollen an, pochten. . . Nuria sah sie vor sich. Schimmernde Blütenblätter. Feucht vom Nektar. . . Süßer, klebriger Blüten-nektar. . . Ihr eigener süßer Saft. Es war ein langsames Öffnen, so langsam wie das stete Auf und Ab. Die Hand bewegte sich langsam und ruhig. Gerade das machte gierig. Gierig und geil. Beim Rauf öffnete die Blüte und beim Runter schloss sie sich ein wenig, um sich mit jedem neuen Aufblühen weiter zu öffnen. Nurias Hand wurde schneller. . . Bilder stellten sich ein, geile Bilder, Bilder von Juan. Hungrig drängte sie sich an ihn. Hungrig forderte sie: Die Zunge, jetzt deine Zunge. . .

Fallenlassen, - nein, gehenlassen wollte sie sich. . . gehenlassen in der Nässe. Gefaltet durchzog seine Zunge die durchtränkte Landschaft. Sie umkreiste genüsslich den Kitzler. Der reckte sich, wurde spit-zer. Die Zunge kreiste und kreiste, sog sich fest. . . ein kleiner geiler Moment. Nuria schob sich ihr entgegen. Ihre geschwollene Lippen umschlossen seinen Mund. Sachte schob sich die Zunge, schob sich tiefer ins Nass. Rein, wieder raus. . . gut war das. . . so guuut. . . Nässe in Nässe. . . Wunder-schön. . . Geil. . .

Te quiero. . . te quiero. . . HA, war das gut. . .

Triefig, nass. . . Geil ist das. . . . geil, geil, geil. . .
Tiefer. . . stoß rein mit der Zunge! - Ja, so ist gut,
jaaaaaa lass sie spielen, rein und raus, stoß zu!
Saug dich fest, saug mich ein, geeeeil. . . lass nicht
los. . . Nicht loslassen! Ja! . . . Ja, Ja, Ja. . .
JAAAAAA! ! ! - - - - - Ah. . . G E I I I I I L! ! ! !

"Entschuldige. . ."

Benommen öffnete Nuria die Augen.

Über ihr beugte sich Juan über die Sessellehne.

"Ich wollte dich nicht aufwecken. Aber, - . . .
wunderschön siehst du aus."

Nuria lächelte. "Komm, - komm rum. . ."

Wie gut er verstand. An den Schultern drückte sie
ihn sanft nach unten. . . Hinten sah sie die Kerze.
Amandas dicke Kerze. Sie brannte in ruhiger, kräftiger Flamme.

Alles ist gut. . . alles ist gut. . Zärtliche Küsse,
unendlich zart. . . Nässe in Nässe. . .

Die Blüte seufzte. . . Alles ist gut.

7.

Urlaub allein

Es hätte sie misstrauisch machen sollen. Das vertraute Urlaubsgefühl hatte sich weder beim ersten noch beim zweiten Milchkaffee eingestellt. Selbst auf dreiviertel der Strecke weigerte es sich hartnäckig ihr den Gefallen zu tun. Bei jedem Schluck des viel zu heißen Kaffees hoffte sie, dass es sich doch noch regte. Urlaub alleine. Das kam dabei heraus. Am liebsten wäre sie umgekehrt.

"Pardon, Madame," -

Sie blickte auf.

Erwartungsvoll schaute er sie an: "Fahren sie nach Bordeaux?"

"Eigentlich, nicht. . . -"

"Ich hatte Pech mit dem letzten Lift. Aus diesem Nest kommt man schwer weg."

Sein resigniertes Schulterzucken berührte eine Schwachstelle.

"- Das heißt, in die Richtung schon. . . Also, wenn ich dich vorher absetzen darf? Von mir aus können wir gleich los."

Ihm war anzusehen, dass er froh war überhaupt weiterzukommen.

Seine Sporttasche war schnell verstaut. Während er den Sitz einstellte und sich anschnallte, schaute sie ihn sich genauer an. Liz tippte auf Student und höchstens zwanzig.

An Höflichkeitsfloskeln schien ihm genauso wenig zu liegen wie ihr. Dass dieses Schweigen doch unverkrampft blieb, lag wohl an der stillen Überkunft: Sie schob eine Kassette ein. Er hörte eine Weile zu. Dann lachte er und nickte anerkennend. Während er aus dem Fenster schaute, klopfte er auf den Oberschenkeln den Rhythmus mit. Hübscher Kerl, ging es ihr durch den Kopf. Das zurückgestrichene halblange Haar betonte die hohe Stirn und die geradezu klassische Nase Kaum merklich bewegten sich seine Schultern, seine Hüften. Hüften in diesen zu tief gerutschten Jeans. . . - Reiß dich zusammen! So weit kommt es noch!

Und doch war es interessant. Unabhängig vom Alter oder Geschlecht, erotische Gedanken trafen anscheinend schneller als andere auf ihresgleichen. Konzentriert aufs Fahren spürte sie seinen Blick, spürte, dass er unauffällig sein sollte, spürte, dass er jetzt mehr der Frau galt, die schöne Beine zeigte, als der, die seine Mutter sein könnte. Sie schickte ihm ein verhaltenes Lächeln. Es sollte zurücknehmen, was sie angezettelt hatte. Zu spät! Viel zu schnell schaute er weg. Unglaublich, gerade diese Gedanken entwickelten eine so flinke, schwer zu fassende Eigendynamik, die sich jeder Kontrolle entzogen. Nun war sie es, die ein Gespräch anfing. Auch zu spät. Seine leichte Befangenheit überspielte er mit Schnoddrigkeit. Er bewegte sich auf unsicherem Terrain und es kam ihr ein bisschen unfair vor, ihn so leicht zu durchschauen. Trotzdem lag ein gewisser Reiz darin, die Situation in der Hand zu haben.

"Irgendwas riecht hier verbrannt, Madame."

Sie schnupperte. "Stimmt, verbrannter Gummi. - Vorn kommt ein Parkplatz."

Als sie hielt, qualmte es schon. So ein Mist! Das war der Nachteil der Route Nacional. Mit rascher Hilfe war kaum zu rechnen. Außerdem war es schon spät. Leuchtete ein Scheinwerfer auf, hoffte sie jedes Mal, jemand fuhr den Parklatz an. Nichts. Ihr Beifahrer schaute sie etwas betroffen an:

"Tut mir leid, vom Reparieren verstehe ich nichts."

Beim Herrichten der Liegesitze hatte sie den Eindruck, dass es ihm gar nicht so unangenehm war, mit ihr auf diese Art zu übernachten. Ihr auch nicht. Kaum auszudenken, allein auf diesem gottverlassenen Parkplatz. Liz kuschelte sich in ihre Decke und er in seinen Schlafsack.

Unruhig versuchten sie die richtige Schlafstellung zu finden. Trotz aller Unbequemlichkeit, die Spannung wollte sich nicht lösen. Im Gegenteil, sie wuchs. Mehr und mehr wuchs sie, lud den engem Raum auf. Raum intim reduziert auf Frau und Mann. Diesmal durchschaute nicht nur sie die Situation. Sie wusste um seine Gedanken, wusste, dass er um ihre wusste. Er und sie wussten, dass der Schlaf nur simuliert war. Sie wagte sich vorsichtig vor. Was geschähe, wenn? Jedenfalls würde er. - Klar, würde er gern. . . Die gespannte Regungslosigkeit seines Körpers verriet es. Liz wickelte sich enger in ihre Decke, presste die Beine zusammen und genoss die wohlige Wärme in ihrem Unterleib. Dieses Gefühl, das sie solange nicht mehr gespürt hatte. Nicht so. Nicht so geil. Früher ja. Früher hätte sie. . . Doch heute? Nicht einmal die Hand legte sie an die auf-gewühlte Stelle. Nichts tat ich. Gar nichts, außer ihrer Geilheit standzuhalten und abzuwarten, was passierte.

Um sich vor dem Überfall eigener Impulse zu schützen, drehte sie sich zur Seite. Sie wollte ge-nießen. Die Vorstellung von dem genießen, was sie nicht tat: Ihren Mund seinen Mund suchen lassen, den hübschen sinnlichen Mund, diese trotzigen Lippen. . . Ihre Hände unter sein Shirt schieben, den festen schlanken Körper hinabgleiten . . . runter bis zum Nabel. In ihrer Vorstellung spürte sie deutlich den dunklen Streifen und folgte ihm. Wie einem Wegweiser folgte sie ihm bis zu der auf die Hüften gerutschten Hose. Langsam schob sie die Hand hinein. Langsam fuhr sie durchs Schamhaar und berührte seinen erwartungsvollen jungen Schwanz. Einen Moment ließ sie ihre Hand darauf liegen, um ihm darauf die Hose über die schmalen Hüften zu ziehen. Zärtlich begrüßte sie mit der Zunge die frohlockende Luststange. Die ganze Länge begrüßte sie, fuhr von unten nach oben. . . umrundete genüsslich die Eichel, um mit der Zungenspitze in das winzige Löchlein zu tauchen. Danach setzte sie sich auf. Mit gespreizten Beinen setzte sie sich über ihn. Sie war die Aktive. Sie fickte ihn. Sie fickte diesen jungen Schwanz, diesen lebenshungrigen jungen Schwanz. Sie fickte und fickte ihn. . . Fickte ihn zur Musik, die sie beide mochten und sie war jung. Unbeschwert, jung, verrückt und geil war sie. Geil. . . Die riesige Welle, die sie so unerwartet mitnahm,

sie durchflutete,

sie still überschwemmte,

war wie eine Prophezeiung.

Ein Klappern holte Liz aus dem Schlaf. Als sie ausstieg, strahlte ihr Begleiter sie an: "Alles wieder in Ordnung."

"Das wars." Ein kleiner, runder Mann klappte die Haube runter. Er stellte sich als Fahrer des nebenan parkenden LKWs heraus.

Sie fragte sich, ob der Junge etwas mitbekommen

hatte und fuhr ihn dann doch in die Stadt. Er ließ es sich nicht nehmen, sie zum Kaffee einzuladen. Milchkaffee. Während Liz ihr Croissant eintauchte, stellte sie mit Wohlbehagen fest: Ihr Urlaub hatte angefangen.

. . . Urlaub. Endlich Urlaub. Südfranzösischer Fahrtwind, der erste spanische Kaffee. Urlaub allein. Es war doch gut, dass sie sich dazu entschlossen hatte. Ihn am Nebentisch hatte mit Sicherheit Hemingway hergelockt. Schmunzelnd schlug sie die Beine übereinander und befand sie schon zum zweiten Mal innerhalb vierundzwanzig Stunden für wohlgeformt. Liz durchrieselte eine genüssliche Nachwehe der Nacht. Das Anzünden der Zigarette, dem Amerikaner ihre Sonnenseite zeigen. . . - Es begann ihr zu gefallen. Das Erraten der Gedanken. Das Spiel der Gedanken. . . Sich dabei selber erleben. Zu erleben, wie sie anfing, sich selber wieder attraktiv zu finden. Gleichzeitig fühlte sie sich wie unter einer durchsichtigen Glocke. In geschütztem Territorium. Innerhalb dieser Grenzen war sie frei. Sie war frei zu spielen und dabei die Wahrnehmung des Zuschauers nachzuempfinden. Sie ließ ihre Hand die Locken aus dem Gesicht streichen und wusste für den Beobachter war es die Hand einer ansprechenden Frau, aus deren Haar die Sonne leuchtende Sinnlichkeit zauberte. Liz schenkte dem Kellner ein strahlendes

Lächeln und wusste, ihrem Tischnachbarn entging es nicht. Ihm entging auch nicht das Spiel mit dem Schuh. Der nackte Fuß, die rotlackierten Zehen, die Wade. . . Doch der Mann interessierte sie nicht. Auch nicht die Spanier, die ihr später beim Essen glühende Blicke zuwarfen. Sie interessierte das Spiel. Nur das Spiel. Wie lange sie ihre Grenzen wahren konnte. Wie weit sie gehen konnte. Ob und unter welchen Umständen es ihr noch einmal gelingen würde. . .

Als Liz oben im Dorf ankam, wurde sie zuerst von aufgeschrecktem Gackern der Hühner begrüßt. Dann schloss ihr alter Freund Ricardo sie in die Arme.

"Schön, dass du da bist. . . Hier hat sich wenig verändert, - außer, ein paar neue Gesichter. Übrigens, heute Abend wird gefeiert. . ." Weiter kam er nicht. Schon wurde sie von den Kindern überfallen.

Beim Auspacken gingen ihr die Male durch den Kopf, die sie hier verbracht hatte. Erst allein. Später mit Tom. Jedesmal war es schön gewesen. In der Abgeschiedenheit hatte sie ihre Sinnlichkeit erlebt. - Die Sinne, die Sinne. . . Liz schnupperte. Von unten zog ein herrlicher Duft durch die Balken.

Während Luisa auftischte, stellte Ricardo vor: "Das ist Joaquim. Von ihm ist die Skulptur, die du draußen gesehen hast. . . Gabriela, Clara und Juan kennst du ja. Aber ihn nicht. Pedro ist Musiker. Du hast Glück, wenn du ihn mal zu Gesicht bekommst."

Die Tür flog auf: ". . . und ich bin Zorro!"
Begleitet von allgemeinem Gelächter zog er tatsächlich den Degen. Unter der Maske kam ein Gesicht mit interessanten Zügen zum Vorschein. Er reichte Liz die Hand. "Francis. Muy buenas tardes."

Dann zwinkerte er ihr zu: "Schönen Frauen biete ich gerne Begleitschutz durch finstere Wälder."

Darauf ankommen ließ sie es lieber nicht. Doch als er sich schräg gegenüber setzte, fiel ihr was anderes ein. Der Abstand war gut. Nicht zu nah, aber auch nicht zu weit. Genau richtig, um ihn im Zweifel zu lassen. Wollen wir doch mal sehen, was mit *dem* Degen ist. . . Ihn schräg im Blickfeld, bot sie die freie Schulter und warf lachend die Locken. Jeder Beobachter hätte glauben mögen, sie amüsierte sich wie die anderen über die Anekdoten. Doch Liz war konzentriert. Wenn das mit der Nase stimmte, hatte seiner gesundes Mittelmaß. Der von dem Musiker dagegen. . . Bei allem Übermut, Anfänger sollten sich auf eines beschränken. Es blieb dabei. Zum Üben nahm sie sich das gute Stück von "Zorro" vor.

Sie schob ihm im Geiste die Hand zwischen die Beine, wog mit dem Paket die Gefahren ab. Vorsichtig begann sie zu kneten. . . Unglaublich! Gerade erst angefangen, schon hatte sie den ersten Erfolg. Ihr Griff wurde gleich kräftiger. Trotz des Entzückens über den unmittelbaren Gefallen, den sie sich damit tat, blieb ihr Beobachten klinisch. Mit fast wissenschaftlichem Eifer war sie dabei. Liz verfolgte interessiert die Wirkung ihrer Handtätigkeit: Die Reaktion ihrer Lustperle, das Feuchtwerden ihres Schmuckstücks, ihr langsames Öffnen und die Ausdehnung der Wärme im Unterleib. - Erstaunlich! Dass sie dieses Kneten so erregte? Dann folgten Studien aus anderer Perspektive. Zart krallten sich ihre Finger hinein, während der Handteller die Schwere stützte. Ihr Mäulchen zuckte. Gierig zuckte es. Bei jedem Hineinkrallen zuckte es gieriger. . . Liz kniff zu und stellte die Beine enger. Während sie nach dem Glas griff, wanderte ihr Blick. Ob seine glühenden Wangen vom Vino del Pais rührten? Liz konnte das Ganze schwer einschätzen. Jedenfalls, ihn würde sie morgen nirgendwo absetzen können. Vorsichtshalber wollte sie das Experiment dabei belassen.

Doch hatte sie nicht mit ihrer Hübschen gerechnet. Ihr hatte das kurze Ausatmen gut getan und forderte nun ungeduldig den Einstieg in die nächste Phase. Gut, gut. . . Urlaub allein. Liz stellte die Beine wieder auseinander. Unabhängigkeit lag nicht in den äußeren Umständen, sondern an der inneren Haltung. Es war eine Frage der Fantasie. Ihr Schmuckstück hatte Lust. Endlich hatte sie wieder Lust und die gönnte sie ihr. Liz wunderte sich selber, dass sie jetzt an ihn denken musste. Momente blitzten auf.

Schöne Momente. Geile Momente. Momente richtig schön geil. Momente wie alte Fotografien, bei denen gerade das Vergilbte die Stimmung verstärkte.

In ihren Gedanken ließ sie sich Zeit: Mit der Gürtelschnalle, dem Reißverschluss. . . Liz ging bedächtig vor. Langsam fuhr sie hinein, fand seitlich den Einstieg. Ihrer Hand gefiel es liegenzubleiben, ihr gefielen die Zuckungen, der Impuls des Aufbäumens. Rasch half sie Platz schaffen, Platz, den er zum Wachsen brauchte. Wachsen wollte er, wachsen sollte er, wachsen, wachsen. . . Und sie hatte ihn in der Hand. Hatte die Situation in der Hand. - Die Imagination hatte sie in der Hand. Triumphierend schaute Liz in die Runde, begegnete dem Blick des Bildhauers, dem des Musikers. "Zorros" berührte sie auch. Nicht zu lang. Nicht zu kurz. Genauso lange, um ihn im Zweifel zu lassen. Sie genoss den geschützten Bereich, hielt ihre aufstrebende Trophäe, schob langsam empor. Mit der anderen Hand packte sie zu. Warum machte es sie nur so geil an den Sack zu fassen? Liz blieb dabei. Das war ihre Freiheit. So floss die Geilheit in ihr gieriges Mäulchen. Wenn sie jetzt weitermachte, wenn sie weiter auf dem Stuhl herumrutschte fiel es auf. . .

Ihr Problem wurde durch Ricardos Traditionsliebe gelöst. Für den Rest des Abends ließ sie sich für Volkstänze begeistern.

Vielleicht war es die verkitschte Sentimentalität einer Städterin, ja, der Klang der Kuhglocken, die sie noch am anderen Morgen an Tom denken ließen. An ihre Geschichte mit diesem Ort, das Geheimnis der Pyrenäen, die Geschichte dieses uralten Dorfes. Wie viele berauschende Momente hatten sie beide hier erlebt. Sie fragte sich, ob es Orte gab, an denen man für erotische Erlebnisse besonders empfänglich war? Es war Pedro, der ihr in dieser Frage weiterhalf. Bei einem Besuch entdeckte sie die Karte, oder besser seine "Partitur".

"So was hab ich ja noch nie gesehen?"

"Kann ich mir vorstellen." Er erzählte von seinen ungewöhnlichen Experimenten. "Eigentlich einfach. Jeder Ort hat eine bestimmte Schwingung, sprich einen bestimmten Ton. . ."

Interessiert hörte sie zu. Natürlich! Liz musste schmunzeln, als sie sich seine Karte ein zweites Mal ansah und auch jenen Platz darauf wiederfand. Noch am gleichen Nachmittag machte sie sich auf den Weg.

Der steile Pfad war schon damals so zugewachsen gewesen. Erst kam das kleine Waldstück und dann... Sie hatte es mit einem Mal eilig. Eilig wie in jenem Sommer. Ihrem ersten Sommer, diesem herrlich frischverliebten Sommer. Als sie sich in den Hang setzte, bemerkte sie, wie ihr Herz klopfte. Sentimentalität hin oder her. Es klopfte. Und was anderes klopfte auch. Klopfte wie in jenem Sommer.

Liz streckte sich aus, schloss die Augen. . . Es klopfte und sie ließ es klopfen. . . Die Sonne, das Gras. . . Alles roch so gut. Wie damals roch es. . . - Damals. Sie waren jung. Jung, verrückt und verliebt waren sie. - Er konnte so schöne Dinge sagen. . . Was er sagte, wie er es sagte. Wie er über ihr lag, seine Hände in ihren Locken, die Zunge spielte ihr am Ohr, am Hals. . . Und sie war offen. - Ja, wenn er so sprach, öffneten ihre Beine von selbst. Ihr Schoß drängte sich an ihn, sie lauschte gierig den Worten: Sprich weiter. . . weiter, weiter, hör nicht auf. . . Ihr offener Schoß drängte: Ich bin bereit. . . Drängte: Komm, komm . . . Tiiiief. Jaaaaaa, tief rein. . . Und dann glitt er sanft in ihre Weite, tauchte in ihre Offenheit.

Sie schob ihre Hand an die aufgewühlte Stellte. Dort ließ sie sie liegen. Die ganze Hand ließ sie liegen. Dann schoben sich ihre Finger in die Nässe. Liz zog sie gleich wieder raus. Nein, sie wollte Tom weitersprechen lassen, ihn das sagen lassen, was sie so gerne hörte, was sie so lange nicht mehr gehört hatte. Sprechen sollte er und sie dabei ficken. Ficken . . . Ficken. . . . Sie würde nichts tun. Gar nichts. Außer abwarten, was passierte.

Es fühlte sich gut an. Echt fühle es sich an. Er füllte sie aus. Ihre hungrige Grotte füllte er aus. Sie

hatte Lust. Endlich hatte sie Lust. Lust gestoßen zu
werden. Sanft gestoßen. Mit viel Liebe gestoßen. So
wie damals. Sie schlang ihre Beine um ihn, um seine
nackten Hüften schlang sie sie. Wenn er stieß, zog
sie ihn ran, um so seinen Pfahl noch tiefer eindringen zu lassen. Tief, ja ganz tief. . . Die Gefühle
waren wieder da. Diese Sehnsucht zu verschmelzen,
sich in ihm aufzulösen. . . Und er stieß sie . . Stieß
sie und stieß sie. Und sie ließ sich stoßen. Stoßen
und stoßen. Mein Gott, war es geil. Der letzte Stoß
traf sie mitten ins Herz. Sie floss. Abrupt setzte sie
sich auf und wischte sich mit dem Handrücken über
die Augen.

Dass ihr danach im Dorf ausgerechnet "Zorro" begegnete, war ihr unangenehm. Seinen herausfordern-
den Blick steckte Liz als Quittung weg und nahm
sich vor, solche Selbsterfahrungsexperimente in Zu-
kunft bleiben zu lassen. Sie kamen ihr vor wie
Verrat. Verrat an dem, was sie gerade dabei war zu
entdecken.

In den folgenden Tagen besuchte sie nicht nur die
von Pedro empfohlenen Plätze. Der im Fluss, sie
war sich sicher, hatte gewiss eine harmonische
Schwingung. Vorsichtig balancierte sie über die
glitschigen Steine. Auf dem, der wie eine glatt-
gewaschene Insel aus dem Wasser schaute, ließ sie

sich nieder und zog sich aus. Dann legte sie sich hin. Ruhig lag sie mit geschlossenen Augen, genoss die Wärme des Steines, genoss die kitzelnden Strahlen auf ihrer durstigen Haut und lauschte dem Fluss. . . Liz räkelte sich. Das stete Fließen war so beruhigend, so ungemein wohltuend. . . Es machte sie weit. So weit, dass wieder Raum entstand. . . Raum für fast vergessene Gefühle. Tom. . . Sie hielt seinen Schwanz und führte die Hand. . . Obwohl sie es nun schon einige Male ausprobiert hatte, war sie immer noch erstaunt, was ihre Vorstellung bewirkte. Der Schwanz, das Wichsen brachte ihr tatsächlich Gefühle zurück, Gefühle von Nähe, die sie im Alltagstrott verloren hatte. Erst langsam, behutsam . . . Auf und ab glitt ihre Hand. . . Auf dem warmen Stein öffnete sie die Beine, ließ sich tragen vom Fluss, begann selber zu fließen. . . Ihr Griff wurde fester, das Wichsen schneller. . . Jaaaaa. Jetzt war er da. So war er ihr wieder nah. So nah, dass sie sich nichts mehr wünschte als das. Damals ja. Damals war sie verrückt danach. Wie mochte sie es, wenn seine Zunge ihren Kitzler begrüßte. Ihn erst zart, unendlich zart umrundete, ihn zwischen die Lippen nahm, leicht daran zog . . . Dieses sensible Spiel spielte er solange bis sie anfing zu drängen. Sie drängte ihm entgegen und er ging über zum Saugen. Saugend erwartete er ihr Signal. Das winzige Signal. Das wortlose Signal. Dann tauchte er ein. Seine spitze Zunge tauchte in ihre nasse Spalte. Ihre nasse Spalte, die er nun mit seinem Speichel tränkte. . . Vorsichtig tastete sie mit der Hand zwischen die Beine, wollte sich von dem überzeugen, was offensichtlich war. Nass! Ja, nass war sie. Ihr Goldstück triefte, - triefte vor Lust.

Der Pfiff ließ sie auffahren.

Das hatte gerade noch gefehlt! Am Ufer tauchte "Zorros" Gesicht zwischen den Sträuchern auf. Liz zog sich rasch etwas über, war er doch schon auf dem Sprung. Sie winkte ab. "Bleib drüben. Ich wollte sowieso gehen. . ."

Die Story vom Angeln nahm sie ihm nicht ab. Auch nicht, dass er zufällig und schon gar nicht, dass er gerade erst gekommen war. Es war zu überraschend. Mit Besuch hatte sie hier wirklich nicht gerechnet. Es gefiel ihr überhaupt nicht, wie provozierend er sie anschaute. Liz gab sich freundlich, blieb reserviert und schlug zügig den Heimweg ein. Innerlich ruderte sie um die Rückeroberung ihres Territoriums. Erraten der Gedanken. . . Spiel der Gedanken. . . Der neben ihr wusste mehr von ihr, als ihr lieb war. Vor allem ahnte er, dass sie geil war. Und sie ärgerte sich, dass ihre Wut sie noch geiler machte. Wie wünschte sie sich in diesem Moment Tom an ihrer Seite. Sie ging, stampfte vielmehr, neben diesem fremden Mann her, der sich viel zu dicht an sie schob, der geile, vielleicht sogar schmutzige Gedanken hatte. - Francis war der Typ. Sie waren allein. Niemand würde etwas mitbekommen - Ihre Fantasie überschlug sich. Liz atmete auf, als sie den zugewachsenen dunklen Gang hinter sich hatten.

Vielleicht hielt dieses Erlebnis sie davon ab, noch einmal der Freikörperkultur zu frönen. Wovon es sie nicht abhielt, war ihren Fantasien, ihren Gefühlen, ihrer Sehnsucht freien Lauf zu lassen. Dass sie den Aufenthalt im Dorf früher abbrach als geplant, hatte einen einfachen Grund: Es gab kein Telefon. Wie hatte sie Sehnsucht. Wenigstens seine Stimme muss-te sie hören.

Das einladende Ambiente, das komfortable Hotel-bett, alles konnte nicht darüber hinwegtäuschen. Mit klopfendem Herzen griff Liz zum Hörer, legte gleich wieder auf. Sie hatte Angst. Angst den unpassenden Moment zu treffen, Angst sich zu weit von der Realität entfernt zu haben. . . Liz schob sich ein zweites Kissen unter den Kopf, atmete durch und griff wieder zum Hörer. Das Rufzeichen kam ihr endlos vor. Liz beruhigte sich, indem sie die Innen-seite ihrer Beine streichelte. Sanft bewegte sich ihre Hand zwischen Kniekehle und Strumpfrand. . . Endlich sein "Hallo?"

"Hallo, Tom! Hallo, ich bins. . ."

"Hey, wo steckst du? - Oder haben sie sich da oben

der Zivilisation angeschlossen?"

Das Vertraute der Stimme ließ sie in die Kissen sinken. Ihre Hand überschritt die Grenze vom Strumpfrand zur Haut. "In Pamplona bin ich. In dem netten, kleinen Hotel. . . Kannst du dich erinnern?"

"Ob ich mich erinnern kann?". . . Das tiefe Lachen. Dieses Lachen, das sie so liebte. Seufzend machte ihre Schöne ihr Mut. "Mann, Tom. Ich bin geil auf dich! So geil, du glaubst es nicht. . ."

Wieder sein Lachen, sein tiefes, wohlklingendes Lachen.

"Was mache ich denn da mit meiner hübschen Stute?. . . "

Ihre Finger berührten die glühende Perle. "Tom, sprich einfach. . . So wie früher. Weißt du noch? Oben. . . Die Wiese. . . Oder? - Ja, im Stall, als wir von den Pferden kamen. Du warst verrückt, du hast mich gleich von hinten genommen. Geil wars. So geil. . .

"So, ja!? Das hat dir wohl gefallen. Der Hengst, der seine geile Stute besteigt. . ." Seine Stimme war leiser geworden und ihr war, als könnte sie seinen Herzschlag hören. . . Die Stimme, seine wundervolle Stimme. . . Es tat gut, sich selber zu streicheln, doch sie nahm die Finger weg. Liz wollte es nochmal erleben. Noch einmal wollte sie es so erleben. . . Ihr Kopf lag an seiner kräftigen Brust, sie hörte es pochen, am liebsten wäre ich in den Hörer gekrochen.

"Sprich weiter Tom, sprich einfach . . . Wenn du sprichst, kann ich es mir vorstellen. Es ist dann so, als ob du hier wärst."

Sie lauschte den Worten, seinen noch vorsichtigen Worten und flüsterte:

"Ja so. . . Das ist schön. . . Ich habs nie gesagt, aber es hat mich immer so geil gemacht."

Was er sagte, wie er es sagte. . . Deutlich war es. Es fing an ihm zu gefallen. Seine Worte begannen ihn selber zu packen. Gierig lauschte sie, sog sie ein. Ihr Schmuckstück war geil. Geil war sie. Geil. Geil. Geil. Zu geil, um sich weiter zurückzuhalten.

"Sag mir, dass du auch geil bist. Sags doch endlich. Und stoß mich. Stoß mich jetzt!. . . Stoß mich mit deinem herrlichen Fickschwanz. Stoß ihn mir von hinten in meine überschwemmte Grotte. Tom, ich hab Strümpfe an. Dunkle Seidenstrümpfe. Darauf stehst du doch! . . ." Sie spreizte die Beine, rieb die Innenseiten der Schenkel, labte sich an dem Bild. "Stoß ihn mir rein. Tiiiief. Ja tiiief. Komm tiiiief, schön tief rein. . ."

Schöne Worte. Geile Worte. Liz wusste nicht, lags an der Stimme oder an den Worten. Jedenfalls war es unglaublich, wie sie reagierte. *Sie* reagierte. Liz spreizte die Beine noch weiter. . . der aufgeregte Puls, ihr Fließen. . . Liz berauschte sein Atem, Atem in Stößen. . .

90

"Langsam Tom, langsam. . . Zieh ihn jetzt raus. Zieh ihn langsam raus und steck ihn mir in den Mund. . . Jaaaa, das ist gut. Du steckst mir deinen herrlichen Schwanz in den Mund und ich sauge daran . . .

Und jetzt geh mit dem Mund an mein Schmuck-stück . . . Jaaaaaaaa. Und sprich weiter. Sprich doch! Weiter, weiter. . . Du steckst mir die Zunge rein . . . steckst die gefaltete Zunge rein . . . Ich sauge am Schwanz. . . "

Sie drängte sich ihm entgegen, drängte ihre nasse, offene, triefende Grotte an seinen Mund, rieb sich an seinen Lippen. Lippen an Lippen. "Tief. Ja. Tiiief, stoß sie rein . . . Was?----- Doch, wirklich. Es fühlt sich wie Stoßen an. Und jetzt sauge. Saug. . . Saug. . . Ja. Fest. Saug doch. . ."

Mit geschlossenen Augen lag sie, den Hörer ins Kissen geklemmt, ihre Hände ruhten. . .

Weitgespreizte Beine, schwarze Seide. . .

Sein Mund tränkte ihre triefende Grotte. Die Zunge wühlte, fuhr tief hinein . . . Sie saugte am Schwanz. . . saugte und saugte, saugte sich fest. . . Spürte die Welle, hob ihr Becken. . . Endlich, ja! So.

Finger krallten sich in die Schenkel. . . die Zunge stieß, fuhr noch tiefer hinein. So. Ja. Genauso!

Er stöhnte. . . . So. Jaaaaaaaa! Ja, so!

Heiße Wellen...............Die Flut !!!!!

So. Genauso. . . .

Erschöpft und glücklich schlief sie hinterher ein. Und dann waren sie alle da. Von der Treppe aus sah Liz sie sitzen. Sie strich sich über die Hüften, zeichnete gleich noch einmal die Kurve zum Schlitz und wusste es war der Hintern der Frau, die sie haben wollten. Liz schritt langsam nach unten in den diffus beleuchteten Raum. Bei jedem Schritt sprang der Schlitz auf, zeigte den Strumpf und das Band.

In dieser surrealen Landschaft hatte alles etwas Verzerrtes. Auch die Personen zwischen Joaquims Skulpturen. Pedro, Juan. . . Ricardo mit Luisa. . . Gabriela sah phantastisch aus. . . Liz stutzte. - Clara. Sie war die überzogene Persiflage ihrer selbst. Als Liz sah, mit wem sie beschäftigt war, erschrak sie richtig. Hingeflegelt saß er auf einem tiefroten Samtchaiselongue. Claras Hände schoben sich in sein aufgeknöpftes Hemd. Ihre lackierten Krallen gruben sich ihm in die Brust, während ihre Lippen auf seinem Hals schrille Spuren hinterließen. Seine breitgestellten Beine, die Hand provozierend dazwischen. Den Anblick mochte sie nicht. Trotzdem machte er geil.

Doch hier war ihr Territorium, ihr unantastbares Hoheitsgebiet. Als sie den Raum durchschritt, fiel ihr auf, in welch merkwürdiger Transparenz sich ihr alle offenbarten. Liz brauchte ihre Fantasien also nur aufzugreifen. . . Die von Pedro gefiel ihr. Ja, das was gut. Gut war die Idee. Es fiel ihr Kleid. In Korsage

92

und Strümpfen schob sie den Po aufs Buffet. Pedro verstand und brachte zwei Stühle. Es bereitete ihr unglaublichen Genuss ihre Beine darauf zu spreizen. Langsam rieb sie die Innenseiten, rieb sie mit beiden Händen, die Daumenkanten berührten dabei die geschwollenen Lippen. Sie spreizte noch weiter und wusste ihnen entging nichts. Nichts entging ihnen. Nicht das winzigste Zucken ihrer heißen Süßen. Zusehen sollten sie. . . Francis, natürlich Francis. Er schob Clara weg. Liz Blick genügte, schon sank er zurück. Genüssliche Folter. Ihr war, als hätte sie diese Gabe schon immer besessen. Zusehen durfte er. Sollte er sich doch dabei seinen Sack kneten. Sie würden sich hier am Buffet amüsieren.

Ihre Blicke ließen sie fließen. Liz rieb die Handkante durch ihre offene Schöne. Pedro schaffte Platz auf weißen Damast. Alle waren sie da. Der Amerikaner. - Der junge Franzose. Warum sie diese Jeans nur so anmachten. Halb geöffnet hingen sie auf den Hüften, zeigten den Ansatz seines Schwanzes. Liz fühlte sich wie eine liebeskranke Katze. Er verstand: Komm! Ja . . . Komm schon ran. . . Und dann kniete er über ihr und griff seinen Schwanz. Seinen lebenshungrigen, geilen Jungenschwanz. Ohne Umwege führte er ihn ihr zum Mund. Ihre Zunge umrundete die Eichel, nahm sie auf. . . Obwohl es sie reizte, entließ sie ihn wieder. Würde sie saugen, er würde gleich losgehn. Spritzen wollte er. Spritzen sollte er.

Aber nicht so und nicht jetzt. Ihre Fingernägel gruben sich in seine Schenkel. . . Leise sprach sie zu ihm: "Wichs dir deinen Schwanz. Wichs dir deinen geilen jungen Schwanz. Wichs ihn dir mit beiden Händen. So. Ja. So. . ."

Die fremde Hand an den Waden war angenehm. Sie wanderte zum Fuß, über den Spann zum Gelenk, fing an zu massieren. . . Der Punkt am Knöchel machte sie fast wahnsinnig. Wenn der so weitermachte, kams ihr noch bevor der Schwanz losging. Liz entzog sich, sah hinter dem Franzosen die Augen des Amerikaners aufblitzen. Sie knetete ihre Brüste, genoss ihren Anblick. Drüber sah sie den Schwanz, sah ihre Gesichter. Ihre geilen Blicke. Nichts entging ihnen. Nichts. Ricardo stand hinter Luisa und wühlte wie ein Verrückter in ihren Brüsten. Das, was sie von sich gab war pures Entzücken. Er war dabei sie zu ficken. Von hinten stieß er in sie hinein. Luisa hielt sich am Tisch. Der gab jeden Stoß an Liz weiter. . . Der Jungenschwanz vor ihrem Gesicht. Die Korsage - verflixt. Sie riss! "Spritz, Jetzt! Ja jetzt spritz!!!! Sein heißer Strahl schoss auf ihre Brüste, ihr Schmuckstück zuckte, lief über. Liz verfolgte den Segen, noch zwei, drei Schübe. Dann wackelte der Tisch. Ricardo brüllte los wie ein Stier. Liz rieb sich den Saft ein und sprach leise: "Gut hast du das gemacht. Das war fein. . ." Zufrieden bettete sie ihren Kopf in seinen Schoß.

Dem Amerikaner hatten es ihre Beine angetan. Verträumt streichelte er schon wieder ihre Waden. Joaquims große Hand war die des Bildhauers. Über die Brüste zum Bauch suchte sie Inspiration. Sie ließ die beiden machen und streckte sich aus, blickte auf das Chaiselongue vis a vis. Alles an dem Bild war verrutscht und schräge: Francis, wie er da hing, das Hemd, die offene Hose, über seinem Gesicht die Frau. Das Kleid hochgezogen, rieb sie sich in seinem Mund. Als wüsste er, dass Liz hinschaute, tauchte er auf, lachte laut. Daneben wichste Joaquim mit einem Mal wie ein Besessener. Und nicht nur er. Was war denn mit einem Mal los? Alle wichsten, wichsten in atemberaubendem Tempo. Doch hier war ihr Territorium. Und da ihr Degen! Ihr herrlicher Fickdegen. Und alle sollten zusehen. Zusehen, wie er sie nahm. Liz schob sich an den Rand des Buffets, umschlang ihn mit den Beinen, hob ihr Becken. "Komm, komm . . . komm ran!. . . Stoß ihn mir rein!" Seine Hände in ihren Locken, die Zunge spielte an ihrem Ohr. Er drang ein, tat es langsam, dehnte ihre Grotte. "Jaaaaaaa, das ist gut. Guuuut ist das. Was hast du nur für einen herrlichen Fickdegen, was für eine himmlischen Lanze". . . Sie drängte ihm entgegen bis ihre fiebernden Lippen sein Schamhaar berührten, bis ihr Po den Sack spürte. "Und jetzt zieh ihn raus. Zieh ihn genauso langsam heraus. . . und dann stoß rein. Ja, stoß ihn mir richtig rein. Tiiiiif, ja tief rein!. . . So ja! - Ja so! . . . Ficklanze, jaaaaaaa, lass sie tanzen!!!. . . So!. . . Ja!. . . Geil! . . . Mann, ist das geil!. . . Weiter. . . Stoß härter. . . Und schneller. . ."

Die Gesichter, die Blicke. Jeder Stoß, den er ihr versetzte, machte sie geiler. Francis stand so, dass sie selber nicht mehr wusste, ob sie wirklich nicht anders konnte. Jedenfalls sah sie hin. Liz sah, wie er Clara packte. Grob packte er sie, drückte sie in die Knie, hielt ihren Kopf und schob ihr seinen zum Bersten reifen Schwanz in den Mund. Und dann fing er an. Seinen Stoßrhythmus glich er dem ihren an. Während er den Kopf führte, half Clara mit. Ihre Finger kneten, gruben sich ein. Die Steckfrisur in wilde Strähnen gelöst, glich sie einer Furie. Wie eine Wahnsinnige knetete sie seinen Sack. Die Szene war grotesk, ja absurd. Genauso entstellt wie Pedro, Joaquim. . . sogar der Junge . . . Es kam Liz vor wie eine heimliche Abrechnung. Alle kneteten ihre Säcke. Dabei kamen ihr die Fratzen beängstigend nahe. "Sooooooooo?.... Jaaaaa? ...... Ja, so????...."
Liz klammerte wie eine Ertrinkende.

„Tief, ja stoß. . . Stoß. Ja, stoß zu . . ." Er atmete heftig, hielt inne, entzog sich. Was er sagte, sagte er leise. Liz schmiegte sich an ihn. "Der Hengst und die Stute? - Ja, nimm mich mit!" Als er dieses Mal zustieß roch es nach Gras. Ihn ritt der Teufel. Er stieß wie ein Gott. . . . Jung waren sie. Jung, verliebt und verrückt. Es war ein Rausch. Liz sah zu und war gleichzeitig Akteurin der irrealen Szenen.

Doch ihre Gefühle waren real. Ihr Lieblingsspiel hatte eine unbeschreibliche Intensität. Sie leckten, lutschen, saugten, bissen. . . Als er wieder soweit war, nahm sie ihn auf. Sie saugte gierig, saugte solange bis er sich zuckend entlud. Ihr Schlucken war das einer Verdurstenden. Sie verfolgte den heiß anhaltenden Strahl, verfolgte wie er durch sie floss. Er floss und floss. . . landete zwischen den Beinen. Dort entfachte er die nächste Welle der Lust. Dann stellte Liz sich über ihn. Wie damals stand sie mit gespreizten Beinen über seinem Mund, - seinem offenen Mund. Und wie damals schaute er zu, schaute ihr in ihre offene Grotte und sagte: "Ja, so mag ich sie. Das Bild ist geil. . . Mann, ist das geil. Ich mag, wenn sie geil ist. Hübsch ist sie. . . Ist das ein scharfes Bild. Kurz vor dem Losgehn gefällt sie mir am besten. . ."

Sie wusste nicht, ob es der Blick war oder das, was er sagte. Sie kam sofort. Danach ließ sie sich über seinem offenen Mund nieder. Er wollte, dass kein Tropfen verloren ging. Ihr geiler Liebestrunk machte ihn rasend. Und sie wollte, dass er sie nahm. Versessen war sie darauf, dass er sie direkt danach nahm. Wie liebte sie, wenn er sagte: "Na, gefällts dir? Gefällt dir der Schwanz? . . . Dein Schwanz. . . Der Schwanz ist für dich. . . Er fickt dir dein Fötzchen jetzt glücklich, - dein geiles Spritzfötzchen. . . Er fickt sie dir jetzt zur Fotze. . ."

Das Gras, die Sonne . . . Alles roch so gut.

„Sprich weiter. . . weiter. . . weiter . . hör nicht auf. Nicht aufhören. . . Tiiiief, ja tief rein."

Er drang in sie ein und sie drängte entgegen. Stoß um Stoß drang er ein. Harte Stöße. Geile Stöße. . . Geile wilde Stöße. So gut roch es.

"Das gefällt dir wohl? So, ja! - So! - Und so! -Ja, so- - - - So wird dein Fötzchen zur Fotze. . . zur geilen Spritzfotze. . . sag mir, wenn du soweit bist -"

"Weiter, weiter. . . noch nicht. Ja so. . . So! Ja! Ja, so!. . ."

Harte Stöße, immer wilder werdende Stöße. Wilder und geiler. Geiler und schneller. Schneller und schneller. . . Er jagte die Stute.

"Geil ist das. Geil. Mach weiter. Ja so. Das ist gut. Guuut ist das. Und sprich weiter. Sags mir wieder. . . Sag mir, dass du mich glücklich machst. Und sag mir, dass du mich liebst. Sags mir. Noch mal . . . Ja, immer wieder . . . Ich wills hören. . ." Sie wimmerte nur noch: "So, ja so - - - - - - - -Tief. Genauso - - - - - - So. Genauso - - -   Genauso. . . .'

Zuerst spürte sie die Nässe zwischen den Beinen, dann die Seide der Strümpfe. Liz öffnete die Augen, schaute sich in dem verdunkelten Zimmer um. Und

dann kamen die Wellen. . . Die alles überschwem-
mende Flut. . .

Der gigantische Orgasmus kam so überraschend,
dass sie gar nicht wusste, wie ihr geschah. Sie
wusste nur, das war es. So. Genau so. Glücklich
folgte sie dem Sonnenstrahl, der sich frech durch
den Vorhang schob, sich im Marmor des Nacht-
tisches fing. Liz lächelte als sie das Telefon sah,
wischte sich über die Augen. "So Tom. Ja so. - So.
Genauso."